온기
로부터

온기로부터

류현재 장편소설

마름모

차례

1

태어나고 싶지
않은 아이

작가의 아들로 살면 작가라는 직업에 적대감을 품게 된다. 운동선수나, 음악가의 자식들이 부모를 이어 같은 직업을 갖게 되는 경우는 흔하지만 작가의 자식이 작가가 되는 경우가 드문 건 그 때문이다. 특히 작가인 사람이 아빠가 아니라 엄마일 경우라면 그 가능성은 더 낮아진다. 왜냐고?

"글은 시간 날 때마다 짬짬이 할 수 있는 뜨개질이 아니야. 출퇴근도 없이 하루 24시간 잠잘 때마저도 작품 속에서 사는 게 작가라고."

엄마가 아빠랑 싸울 때마다 가장 많이 했던 말이었기에 가나다라를 배우기 전부터 나는 이 말을 외울 수 있었다. 아니, 그 말을 듣기 훨씬 전부터 알았다. 엄마 배 속에 있었을 때부터.

우리 엄마는 다른 임산부들과 달리 내 존재를 종종 까먹었다. 엄마의 머릿속에 뱀처럼 똬리를 틀고 있는 작품이 그렇게 만든 것이다. 기분 나빠 엄마 배를 발로 차면 그제야 엄마는 화들짝 놀라 자신의 몸속에 내가 있다는 걸 인식했다. 하지만 그것도 아주 잠시, 한 시간도 안 돼 엄마는 또 가상의 이야기 속으로 들어갔고, 난 원하지도 않는데 엄마가 구상하는 이야기들을 같이 생각해야만 했다. 다른 엄마들은 태교를 한다고 아름다운 음악이나 행복한 동화를 들려준다는데 나는 매일매일 무시무시한 스릴러 속에 끌려 들어가 '널 죽이고 나도 같이 지옥으로 가겠어', '손가락 하나당 1억씩 쳐주지. 10억만 내놓으면 네 열 손가락을 다 구할 수 있다고' 따위의 끔찍한 대사를 들어야 했다. 뇌가 호두만 하고 겨우 손가락 발가락이 생겼을 때 말이다.

세상에 나오기 전부터 내가 염세적인 세계관을 갖게된 건 아마 그 때문인 것 같다. 사실 나는 세상에 태어나지 말아야겠다고 결심했었다. 드라마 공모전을 준비하느라 나의 존재를 까맣게 잊어버리고 정신없던 엄마도 이미 출산 예정일이 1주일이나 지났다는 걸 모르고 있었다. 하지만 엄마 배 속에서 끝까지 버티리라는 나의 의지는 실패했다. 공모전 마감을 1분 앞두고 접수에 성공한 엄마가 만삭의 몸인 줄도 모르고 펄쩍펄쩍 뛰는 바람에 양수가 터져버렸으니까. 그제야 엄마는 혼비백산해 나에게 미안해했다. 뒤늦게 용서를 구하는 엄마의 절규가 너무 처절해—나중에야 모든 산모들이 그렇게 비명을 질러댄다는 걸 알았다—필사적으로 탄생을 거부하리라던 내 마음이 약해지고 말았다. 나는 목을 감고 있던 탯줄을 풀고 세상으로 나왔다.

예상했던 대로 작가의 아들로 사는 건 쉽지 않았다. 신생아의 눈으로 봐도 나에게 젖을 물리고 있는 엄마는 다른 엄마들과 표정부터 달랐다. 다른 엄마들이 '아구구, 사랑스러운 내 새끼' 이런 눈빛이라면 우리 엄마 지율리는 '얘가 정말 내 배 속에 있던 애가 맞을까' 이런 식이었다. 작가라는 사람들은 원래 의심이 많다. 그뿐 아니다. 우리 엄마는 내가 자신의 작가 인생을 해칠까봐 걱정했다. 애정을 쏟다가도 너무 많이 쏟은 게 아닌가 주워 담고, 심장이 터질 듯이 꼭 안았다가도 너무 밀착하면 안 된다는 두려움으로 날 밀어냈다. 아이를 낳으면 누구에게나 생기게 된다는 모성 본능, 그런 건 거짓말이다. 우리 엄마 스스로도 인정한 사실이다.

엄마는 장난감을 가지고 나와 놀아주다가도 작가 세계로 빠져들었고, 다시 현실로 돌아오면 '얘는 누구지?' 하는 표정으로 나를 바라봤다. 거기에 더해 '아, 내가 왜 애를 낳았을까' 하는 속마음을 찌푸린 표정으로 드러낼 때면 나도 정말 언짢아서 살맛이 뚝 떨어졌다. 그래도 배고픈 척 울어대다 엄마가 젖꼭지를 물려주면 겨우 나기 시작한 이빨에 모든 힘을 담아 엄마의 젖꼭지를 깨물었다. '아야' 하며 엄마가 아파할 때의 통쾌함이라니!

그게 몇 번 반복되자 엄마가 수상함을 눈치챈 것 같다. 갑자기 젖을 끊고 분유를 먹이기 시작했으니까. 그렇다고 복수를 그만둘 순 없지(이것이 우리 엄마에게 물려받은 유전적인 형질이라는 건 나중에 알았다).

엄마가 건성으로 내게 분유통을 물려줄 때마다—어떨 땐 분유통을 성의 없이 쿠션으로 받쳐놓을 때도 있었다—먹은 분유를 게워내는 것으로 응징했다. 엄마가 옷을 적시고 신경질을 부리면 아무것도 모른다는 얼굴로 방긋방긋 웃어줬다. 모성 본능은 없어도 내가 웃어주면 엄마는 좋아했다. 나도 엄마의 웃는 얼굴을 보는 게 좋아 실없이 웃을 때가 많았다.

엄마와 사이가 더 좋아질 수도 있었다. 난 엄마와 나 사이를 가로막고 있던 장애물을 제거하기 위해 다른 애들보다 더 빨리 말을 배웠으니까. 다른 애들처럼 '맘마'니 '빠빠빠'니 그런 게 아니라 어른들이 쓰는 진짜 단어 말이다. 그래서 그날은 목욕을 시켜줘도 울지 않고—그러지 않으면 정신이 딴 데 있는 엄마가 날 욕조에서 익사시킬 수도 있다—얌전히 마쳤다. 깨끗한 내복으로 갈아입고 머리까지 가르마를 반듯하게 탄 후 엄마에게 정식으로 부탁했다.

"엄마, 작가 안 하면 안 돼?"

"온기야. 엄마한테 글이란 똥과 같아서 안 싸면 죽는 거야."

방귀와 똥이란 말만 들어도 또래 친구들이 까르르 웃어댈 때였지만 난 웃지 않았다. 그전까진 똥에 대해 아무 편견이 없었는데 그때부터 똥이 싫어졌다. 작가만큼이나.

그 또래 아이들은 동생이 생기면 질투를 하고 샘을 낸다. 자신이 독차지하던 부모를 동생과 나눠 가져야 하기 때문이다. 난 그런 친구들을 볼 때마다 다리를 꼬고 가소로운 웃음을 날렸다.

뭘 동생 하나 가지고 그래? 작가인 엄마에게서 태어나면 눈에 보이지 않는 형과 동생이 줄줄이 있다고. 더 무서운 건 뭔 줄 알아? 그게 끝없이 태어난다는 거야.

작가들이 작품 완성을 출산에 비유한다는 걸 아직 모를 때였는데도 난 이미 그 의미를 알고 있었다. 내 몸으로 몸소 겪는 일상이었으니까.

난 엄마를 오롯이 독차지해본 적이 한 번도—날 출산하던 날의 두 시간을 빼고—없다. 엄마의 머릿속에 있던 작품들은 날 굴러 들어온 돌 취급했고, 나 역시 박힌 돌인 그놈들과 경쟁할 생각을 하지 않았다. 몇 번 시도해본 적은 있다.

"글은 똥과 같아서 마음대로 쌀 수도, 멈출 수도 없는 거니까 엄마가 화장실, 아니 작업실에 들어가 문을 닫으면 엄마가 문을 열고 나올 때까지 방해하면 안 돼."

엄마가 진지한 얼굴로 부탁했지만 나는 듣지 않고 1분

간격으로 배가 고프다고 소리를 질렀다. 엄마가 성난 얼굴로 내 입에 밥을 마구 쑤셔 넣고 다시 작업실로 들어간 후에는 다른 방법을 찾았다. 싱크대 문짝을 열고 손에 잡히는 대로 다 쏟아버린 것이다. 밀가루와 간장, 설탕에 온몸을 굴리고 그래도 엄마가 반응이 없자 문짝에 손을 끼우고 울어댔다.

마침내 엄마를 그놈의 손아귀에서 빼내는 데는 성공했지만 그날부터 며칠 동안 엄마의 성난 눈빛을 회초리처럼 맞아야 했다. 모처럼 글이 잘 써지고 있었는데 너 때문에 망쳤다는 원망이 귀에 새겨져 꿈속에서도 메아리쳤다.

더 안 좋았던 날도 있었다. 사실 우리 엄마에게 모처럼 글이 잘 써지는 날이란 한 달에 하루 이틀 정도밖에 안 되는 희귀한 날이기에 그날이 아닌 다른 날에 걸릴 확률이 높다. 그날도 그런 날이었나보다. 티브이 볼륨을 최대치로 틀어놓고 친구들과 소파에서 팡팡 뛰고 있는데 엄마가 문을 열고 나오더니 티브이를 현관문 밖으로 던져버렸다. 계단을 굴러 내려가며 부서진 건 티브이가 아니라 나인 것처럼 나는 심한 충격과 상처를 받았다. 그런 나는 아랑곳하지 않고 엄마는 시뻘건 마그마가 줄줄 흘러내리는 화산처럼 폭발했다. 그 열기와 굉음은 태어나 처음 경험하는 공포였는데 자그마치 1주일 동안이나 우리 집안을 폐허로 만들었다. 덕분에 아빠와 나는 화산재를 뒤집어쓰고 새까맣게 타버렸지만 아빠는 엄마가 아닌 나를 야단쳤다.

"엄마 예민할 때는 건드리지 말라니까 왜 너는 말을 안 들어가지고."

"맨날 예민하지, 예민하지 않을 때가 어딨어?"

"하긴. 그래도 요즘은 엄마가 처음 드라마 시작해서 다른 때보다 더 그러니까 우리가 특히 조심하자고."

"드라마든 뭐든 그게 나랑 무슨 상관이야?"

"네가 뭘 몰라서 그러는데 드라마 작가는 시나리오 작가랑 달라. 돈도 많이 벌고 너 연예인들도 만날 수 있어."

"난 그런 거 관심 없어."

"막상 엄마 드라마가 티브이에 나오면 친구들한테 막 자랑하고 그럴걸."

아빠의 예상은 틀렸다. 엄마가 쓴 드라마가 방송된 이후에도 나는 우리 엄마가 작가라는 걸 아무한테도 말하지 않았다. 부끄러운 치부라도 되는 양 감췄다. 말해봤자 사람들은 아빠처럼 연예인 타령이나 할 거고 작가의 아들로 사는 나의 고충은 아무도 모를 테니까.

사실 내가 제일 두렵고 피하고 싶은 장면은 엄마가 화를 내거나 폭발하는 것이 아니라 퀭한 눈빛으로 아무 말 없이 날 응시하다가 밖으로 나가버리는 것이다. 그럴 때의 엄마 뒷모습을 보고 있는 것만으로 벌 받는 기분이 된다. 한쪽으로 기울어진 고개, 앞으로 굽어버린 등, 질질 끌려가듯 움직이는 두 다리. 사람이라기보다 바싹 마른 낙엽처럼 부스러질 듯한 그 뒷모습을 보고 있으면 울고 싶어진다. 엄마를 잃어버린 미아의 심정이 되기 때문이다.

재밌거나 심심한 거, 두 가지만 알아도 될 나이에 내가 왜 상실감과 황량함까지 느껴야 하냐고! 일곱 살짜리 어린애가 어떻게 그런 감정을 알 수 있냐고 미심쩍어할 수도 있겠지만 감정은 단어가 아니다. 아침에 떠오르는 붉은 해를 본 사람이라면, 봄에 피는 개나리를 본 사람이라면 빨강과 노랑이란 단어를 모른다고 해도 이미 그 색깔을 알고 있는 것과 마찬가지다. 나는 내 또래들이 보지 못했던 황갈색의 거름과 회색 안개를 좀 더 일찍 본 것이고.

나는 인생의 고독과 쓸쓸함, 초조, 불안, 후회, 간절함으로 엄마를 기다렸다. 이대로 엄마가 돌아오지 않으면 어쩌나, 엄마가 다시 오기만 한다면 더 이상 엄마의 작업을 방해하지 않겠다고 하늘에 기도까지 하면서(이번에는 진짜라고 몇 번씩 다짐했다).

다행히 엄마는 얼마 지나지 않아 내가 좋아하는 간식이나 음식을 양손에 들고 돌아오곤 했다. 그리고 매우 다정하고 차분한 목소리로 미안하다고 사과했다.

"너 때문에 화가 난 게 아니고 엄마 스스로한테 실망해서 그런 거야. 엄마가 우리 온기를 얼마나 사랑하는지 알지?"

모른다. 날 진짜 사랑하면 작가를 그만두라고. 그렇게 스스로를 고문하면서 왜 작가를 하는지 정말 이해할 수가 없다. 안 나오는 똥을 왜 억지로 싸려고 끙끙대냐 말이다. 뭘 모르는 사람들은 그런 고통을 감수할 만큼 창작의 희열이 클 거라고 상상할지도 모르겠지만 엄마의 배 속에서부터 쭉 지켜봐왔던 내 경험으로 얘기하자면 희열이 뭔지 잘 모르겠다. 물론 엄마가 늘 우거지상을 하고 머리를 쥐어뜯은 건 아니다. 어떤 날은 작업실을 나오면서 콧노래를 부르기도 했고, 어떨 때는 정신이 나간 사람처럼 흥분해 자기가 쓴 글을 내게 읽어주다 눈물을 줄줄 흘리기도 했다. 하지만 그건 4월의 눈처럼 아주 드물고 지속 시간도 짧았다.

"작가는 자기혐오와 자기만족의 극단을 왔다 갔다 해. 자학과 자뻑의 연속이지."

자기혐오보다는 자기만족이 낫고, 자학보다는 자뻑이 낫다고 생각하겠지만 작가의 아들 입장에서는 별 차이가 없다. 모처럼, 정말 모처럼 엄마가 자기 마음에 드는 글을 쓰고, 또 그 글을 사람들이 칭찬하고, 덕분에 돈까지 두둑이 받게 되면 엄마도 잠시 작가 정체성을 내려놓고 그동안 못다 한 엄마 역할에 충실해진다? 노! 절대 그런 일은 없다.

"그동안 엄마가 글을 쓰느라 너무 탈진해서 손 하나 까딱할 수가 없어. 그러니까 엄마 좀 푹 쉬게 해줘."

그렇게 시작된 휴식은 새로운 작품을 구상할 때까지 이어진다. 그리고 그때부터는 또 작품에 집중해야 하니 내겐 늘 엄마가 없는 것이나 마찬가지다. 그래도 엄마가 작가라 좋은 점도 있긴 있다.

작가는 자기 세계에 빠져 있어서 다른 사람의 일에 간섭하지 않는다. 학원을 빼먹거나 성적이 떨어져도 다른 엄마들처럼 부들부들 떨지 않는다. 어쩌다 엄마 역할을 너무 소홀히 한 게 아닌가 반성하는 엄마가 잔소리를 시작하려 하면 난 잽싸게 엄마 입에 부적을 들이댔다.

"엄마, 그런 대사는 너무 진부하다고 생각하지 않아? 너무 식상하다고."

평범함과 상투성, 다른 사람이 쓴 글과 비슷하다는 말은 우리 엄마가 제일 듣기 싫어하는 말이라 적재적소에 활용하면 효과 만점이었다. 당연히 엄마가 좋아하는 단어도 난 줄줄 꿰고 있었다. 신선하고, 기발하고, 지작가님 아니면 절대 상상할 수 없는 독보적인 세계…… 절대 내 입으로 한 말은 아니다. 난 비위가 약해서 이렇게 입에 발린 말은 하지 못한다. 그리고 지작가님 아니면 절대 상상할 수 없는 독보적인 세계란 말도 공감 못 한다. 엄마가 쓴 드라마를 모두 본 것은 아니지만 몇 번 본 경험으로는 다른 사람이 쓴 드라마랑 별 차이를 못 느꼈다. 별것도 아닌데 저걸 쓰려고 하나뿐인 아들을 방치하며 그 난리를 쳤었나 조금 화가 나기도 했다.

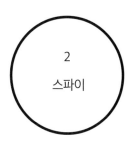

2
스파이

글이 잘 써지냐, 안 써지냐에 따라서 천국과 지옥을 오가는 엄마 옆에서 내가 맛본 건 지옥뿐이다. 작가들은 이 기적이라 천국처럼 좋은 곳은 자기 혼자만 들락거리고 지옥에 떨어질 때만 주변인들을 동반하는지도 모른다.

그래도 엄마가 죽을상을 짓고 있는 것보다는 낫지만 글만 잘 써진다고 그런 평화가 계속 유지되는 것도 아니다. 엄마가 누군가와 전화 통화를 하거나, 회의를 한다고 나갔다 오면 긴장됐다.

"시인이나 소설가는 혼자 고요하고 우아하게 작업할

수 있지만 드라마 작가는 드럽게 싸워야 해. 그래서 드라마가? 어쨌든 이 세계에서는 잘 쓰는 것보다 잘 싸우는 게 더 중요해. 작가가 아니라 싸움꾼이 돼야 한다고.”

엄마가 싸우는 대상은 참 다양했다. 제작사 피디랑도 싸우고, 감독이랑도 싸우고, 방송국 사람들, 배우와 그들의 매니저, 시청자들과도 싸웠다. 승률이 그리 높지는 않았다. 늘 글을 쓴다고 작업실에 틀어박혀 있는데 방송되는 드라마가 별로 없는 건 그 때문이었다.

“이번에도 엎어졌어.”

왜냐고 물어볼 필요도 없다. 제작사가 받기로 한 투자금이 안 들어와 망했거나, 비슷한 기획이 이미 촬영 중이라서 물거품 됐거나, 핫한 배우를 캐스팅하지 못해 편성에서 미끄러졌거나 하는 뻔한 이유들이니까. 하지만 어떤 경우든 엄마의 결론은 똑같았다.

“내 글이 후져서 그런 거야. 정말 너무너무 재미있으면 이렇게는 안 됐겠지.”

작가의 아들로서 제일 난감할 때다. 그럴 땐 뭐라고 위로해야 하는지 난 몰랐다. 아니, 솔직히 위로할 마음이 없었다. 엄마가 열등감에 빠져 더 자책하고 더 괴로워하다

작가를 포기하기를 내심 바랐다. 아주 열렬히.

뭐 그렇게까지 작가에게 앙심을 품냐고? 그렇게 말하는 사람들은 다음 생에 꼭 작가의 아들로 태어나길 바란다. 작가에겐 현실과 창작 세계라는 두 개의 세상이 있고, 아주 자주 그것들은 뒤섞이고 혼돈된다. 그들과 같이 사는 사람들은 아무 죄 없이 세탁기 속에 뭉쳐진 빨랫감처럼 같이 돌 수밖에 없는 운명이다.

"이번 드라마에서 주인공이 이혼을 했는데 그걸 아들한테 어떻게 말해야 할지 모르겠어."

"뭘 어떻게 말해? 그냥 말하면 되지."

"아들이 좀 어리거든."

"몇 살?"

"너랑 같아. 열네 살."

"그럼 초딩도 아닌데 뭐가 어려. 그냥 말해. 다 이해하니까. 그 정도 나이면 엄마가 말하기 전에 벌써 눈치 깠을걸."

"언제?"

"응?"

"언제부터 알고 있었냐고?"

"뭘?"

"엄마 아빠가 이혼한 거."

그제야 난 엄마가 말한 드라마가 현실 속 우리 집이란 걸 깨달았다. 지방으로 발령이 나 아빠가 한동안 안 보이는 줄 알았는데 그게 아니었던 거다.

"몰랐구나? 충격 받았니?"

"충격은 무슨. 이미 다 알고 있었어."

사실대로 인정하면 자존심이 상하는지라 거짓말로 허세를 떨었지만—이것도 작가의 아들이라 생긴 고질병이다. 생후 몇 개월 때부터 작가들 사이에 앉아서 그들이 하는 말을 듣고 자라면 그들의 온갖 박식과 허세를 자기도 모르게 습득하게 된다—사실 많이 놀랐다. 그렇게 사이가 안 좋아 보이지는 않는데 이혼이라니. 아빠는 아침 일찍 은행에 나가 밤늦게 들어오니까 나처럼 배를 곯거나 숨죽이고 살 일도 없었는데—그래서 난 아빠를 질투하고 시기했었다—왜 헤어지냐고?

"온기야. 바지에 똥을 싸고 싶은 사람은 아무도 없어. 너무 오래 참았거나 속이 탈이 났는데 대비할 수 있는 시간이 없어서 어쩔 수 없이 그렇게 되는 거지."

"또 똥이야? 제발 똥 얘기 좀 그만해!"

"네가 이해하기 쉽게 설명하려니까 그런 거지."

"나 유치원생 아니거든!"

그 말에 엄마가 흠칫했고 엄마가 쓴 안경 너머로 눈썹이 시옷 자로—이건 엄마가 골똘히 무슨 생각에 빠질 때 나타나는 현상이다—곤두섰다. 엄마는 안경을 벗어 깨끗이 닦아 다시 쓴 후, 마치 처음 보는 사람처럼 나를 관찰했다.

"정말 많이 컸네."

한집에서 같이 살아온 게 맞나 싶을 만큼 엄마는 진심으로 놀라고 감탄했다. 그냥 아는 것과 실감하는 것은 다르다. 엄마는 그때 중학생인 나를, 이미 어른들의 감정에 오염돼버린 나를 알아챘다.

"이제부턴 우리 온기랑 친구 해도 되겠다."

"그럼 솔직히 말해줘. 아빠랑 왜 이혼했어?"

"치열하게 살려고."

"무슨 소리야?"

"네 아빠가 벌어오는 월급이 없으면 죽기 살기로 더 열심히 글을 쓸 거 아냐. 그동안 너무 나태하고 게을렀어."

성격 차이, 폭력, 도박, 빚 때문에 이혼했다는 얘기는 들어봤어도 글 때문에 이혼했다는 얘기는 그날 처음 들었기에 난 그게 진짜 이유라고 믿지 않았다. 3주 만에 만난 아빠 역시 엄마의 주장이 사실이 아니라고 했다.

"그게 아니고 네 엄마한테 다른 남자가 생긴 거야. 그래서 그런 거라니까."

"그게 누군데?"

"그건 네가 알아내야지."

"무슨 소리야?"

"아빠가 옆에 없으면 그놈이 정체를 맘 놓고 드러낼 거야. 그 현장을 딱 포착해서 바로 나한테 알려주는 게 네가 해야 할 일이지. 일명 스파이."

"그럼 아빠는 엄마랑 다시 살고 싶어?"

"글쎄. 어쨌든 분명한 건 이혼의 원인부터 찾아내야 한다는 거야."

"그럼 뭐가 달라지는데?"

"이혼이 누구 탓이냐가 명백해지지. 아빠 진짜 억울하다. 아래 직원이 사고 치는 바람에 승진 물먹고 인생 꼬인 것만으로도 속상한데 네 엄마까지 진짜. 멀쩡한 사람을 하루아침에 이렇게 루저로 만드냐? 진짜 인간이 어떻게 그럴 수가 있어? 그것도 작가라는 여자가!"

벌겋게 충혈된 눈으로 입에 거품을 물고 얘기하는 아빠를 보면서 난 두 사람의 이혼을 받아들였다. 그냥 아는 것과 받아들이는 것은 다르다.

"회사에서 힘들어 그래 내가 푸념 좀 했다. 회사 좀 때려치우게 대박 드라마 좀 쓰라고 한 게 뭐 그렇게 나쁜데? 잘되라고 응원해준 게 무슨 죄냐고! 안 그래?"

난 아빠에게 고개를 끄덕여주는 대신 엄마가 친구로서 내게 처음 했던 고백을 떠올렸다.

"서로 상대가 잘되기를 바라주었지만 그건 나의 편의를 위해서지 진짜 상대방을 위해서가 아니었어. 함께 살았지만 우린 한 번도 한 팀이 아니었던 거야."

작가의 아들이 아니라 은행원의 아들로 살 수 있는 절호의 기회를 맞았지만 내 바람은 이루어지지 않았다. 아빠는 자신의 스파이라는 명분으로 나를 엄마에게서 데려가지 않았다. 엄마는 내가 엄마와 살길 선택한 줄 알지만 절대 그게 아니다.

그 후 엄마와 나는 외할머니가 사는 동네로 이사를 했

다. 전에 살던 집보다 좁고 오래된 아파트였고, 전학을 해 새로운 환경에 적응해야 했다. 왜 부모 때문에 내가 피해를 봐야 하나 좀 짜증이 나기도 했는데 엄마가 선수를 쳤다.

"부모의 이혼 때문에 상처 입고 방황하는 청소년은 너무 진부한 얘긴 거 알지?"

쳇, 나를 뭘로 보고.

"너희 반에는 이혼한 집 얼마나 되니?"

"그걸 내가 어떻게 알아?"

"한번 알아봐. 요즘엔 네 쌍 중 한 쌍이 이혼을 한다니까 서른 명이면 일곱에서 여덟 명쯤 되겠다."

"그래서 뭐 어쩌라고?"

"부모가 이혼한 걸 숨길 필요는 없다는 얘기지. 뭐든 숨기고 꽁꽁 싸매면 마음에 곰팡이 펴."

엄마 말이 맞는다면 엄마가 작가라는 걸 그때까지 숨겼으니 내 마음은 곰팡이 밭이 됐을 거다. 그래서 만사에 의욕이 없었던 건가?

친구를 사귀고 싶지도 않고 게임도 재미없어 하루하루가 너무 지루하고 따분했다. 하루에도 수백 번씩 하품이 나왔는데, 나만큼이나 하품을 자주 하는 애가 있었다. 우린 수업 시간에 동시에 하품을 하다가 선생님한테 딱 걸렸다.

"밤에 잠 안 자고 둘이 뭐 했어?"

그 말에 반 아이들이 아우성을 치며 원숭이처럼 웃어 댔다.

"둘이 사귀나봐요!"

그날부터 아이들은 우리 둘을 가리키며 놀려댔다. 여자도 아닌 남자애랑 연애한다고 놀림을 받는 게 어이가 없어 나는 아무 반응도 하지 않았는데, 그 친구는 그 때문에 화를 냈다.

"넌 왜 아니라고 말 안 하냐?"

"뭐?"

"애들이 말도 안 되는 소리 하는데 왜 가만 있냐고?"

"그냥 유치해서."

"뭐?"

"맘대로 떠들라 그래. 재미도 없고 흥미도 없으니까."

"재미도 없고 흥미도 없고, 하얀 쌀밥 백미만 먹고 하루를 죽여."

갑자기 걔가 이상한 말을 하기 시작했다. 이상한 멜로디에 얹어서.

"그래서 노래해. 쩍쩍 갈라지는 내 목을 축여. 서온기, 이름은 온기지만 네 마음은 냉기. 내 이름은 정하, 천하를 지배할 미래의 랩 킹!"

그날부터 정하는 나를 '냉기'라 부르며 졸졸 따라다녔다. 무시하고 짜증을 내도 소용없었다. 어쨌든 정하 때문에 학교에서 하품을 하는 횟수는 줄었다.

지방이 아니라 서울의 다른 지점—아빠 말로는 지점장으로 승진하기는 글러버린 비인기 지점—에서 일을 하느라 시간이 더 많아진 아빠는 걸핏하면 전화를 하고 주말마다 밖으로 불러내 꼬치꼬치 엄마의 일상을 캐물었다.

"엄마는 요새 누구랑 일해?"

"고감독."

"전에 같이 방송했던 그 감독?"

"응."

"어쩐지. 그럴 줄 알았다니까."

"뭘?"

"둘이 서로 그렇고 그런 사이야. 그래서 네 엄마가 나한테 이혼하자고 한 거라니까."

"전에는 또 남자 배우 때문이라며?"

"아니 그 배우가 갑자기 이혼을 한다니까. 네 엄마가 쓴 첫 드라마에서 그 남자 탤런트가 주연배우였었거든. 근데 아무래도 그런 사람이 좋아할 만큼 네 엄마 미모가 출중한 건 아니잖아? 뭐 꼭 외모 때문에 사랑하는 건 아니지만 그래도 맨날 이쁜 탤런트들만 보는 남잔데, 그래, 그 남자는 아니고 그 감독이 맞는 것 같아. 전에 이혼했단 소리 들었거든. 고감독 만나러 나갈 때 엄마 엄청 꾸미고 나가지?"

"아니. 엄마가 나가기 귀찮다고 그냥 집으로 오라고 하던데."

"뭐, 벌써 집에까지 불러들였어?"

아빠를 보면서 현실과 가상의 혼재, 혼란은 작가인 엄마만 겪는 게 아니라는 걸 깨달았다. 작가의 아들이 아니라 은행원의 아들로 살아도 역시 피곤할 거란 예감이 좀 위안이 됐다(사실 아빠가 언제 터질지 모르는 휴화산 옆에 나만 버리고 혼자 도망쳤다는 배신감을 품고 있었다).

"온기야. 너 두 사람 잘 감시해. 무슨 수상한 기미 보이면 바로 아빠한테 연락하고."

"수상한 기미? 어떤 거?"

"뭐 남녀 사이에 야시꾸리한 분위기 그런 거 있잖아. 네 엄마가 화장을 진하게 하고 그 사람을 기다린다든가, 뭐 갑자기 택배가 많이 온다든가, 하지도 않던 음식을 한다든가."

그런 일은 일어나지 않았다. 2주일에 한 번 정도 엄마는 부스스한 얼굴로 고감독이랑 회의를 한다고 집 앞 카페에 나갔고, 한 달에 한 번 정도는 고감독 아저씨가 우리 집에 와서 밤늦게까지 회의를 하기도 했지만 아빠가 말했던 야시꾸리한 분위기는 없었다. 오히려 전투적으로 싸우는 느낌이 강해 방에 있는 나까지 긴장됐다.

"지작가. 아무래도 여주(여자 주인공) 캐릭터를 바꿔야겠어. 시청자들이 너무 고구마라고 싫어할 거 같아."

"이제 와서 무슨 소리야? 캐릭터 바뀌면 이야기 다 다시 짜야 하는데?"

"그래서 나도 힘들게 말 꺼내는 거야. 그래도 아직 대본 많이 뽑은 건 아니니까……"

"뭐가 고구마야?"

"이야기 중반이 될 때까지 둘의 로맨스가 진척이 안 되잖아? 둘이 키스하는 게 8회야 8회. 시청자들은 처음부터 팍팍팍 불꽃이 튀는 걸 좋아하는데 너무 느리고 답답하다고.”

“키스만 하면 멜로야?”

“그게 아니고, 그러니까 내 말은 여주가 자기 마음을 너무 열지 않으니까 보는 사람도 힘들다는 거야.”

“상처 받아서 마음이 닫힌 사람이 다시 마음을 열고 사랑하기까지를 보여주는 게 이 드라마야. 고감독 말대로라면 여주 캐릭터를 바꿀 게 아니라 아예 이런 걸 하지 말아야지!”

“너무 극단적으로 나가지 말고. 전체 이야기의 흐름은 바꾸지 않되 속도만 좀 더 붙여보자. 조금만 더 쉽게, 응?”

“난 못해.”

“지작가.”

“난 고구마라 꽉 막혀서 그렇게 못하니까 다른 작가 찾아보라고.”

그다음에 식탁을 손바닥으로 팍팍팍 내려치는 소리가 났다. 엄마가 그런 건지 고감독 아저씨가 그런 건진 모르겠지만 그 소리를 끝으로 사람의 소리는 들려오지 않았다. 잠시 후 현관문이 열리고 닫히는 소리가 났다. 방문을 살짝 열고 내다보니 혼자 남은 엄마가 노트북을 거칠게 닫으며 씩씩거렸다.

"지랄, 그렇게 쉬운 게 인생에 어딨어?"

엄마의 기분 상태에 따라 나는 나름 재해 경보를 설정해놨는데, 5단계 이상이 되면 다른 곳으로 대피하는 게 좋다. 이사 전에는 아빠가 일하는 은행이나 친구네 집이 내 대피소였지만 이땐 옆 동에 사는 외할머니 집으로 갔다. 할머니는 내가 갈 때마다 엄마를 헛똑똑이 바보라고 흉봤다.

"돈 잘 버는 은행원 남편을 왜 걷어차? 주식으로 집을 날렸어도 퇴직금을 생각하면 이혼을 안 하는 게 이득이지. 계산도 못하는 맹추."

할머니를 통해서 우리 엄마 아빠의 이혼에는 금전적인 문제도 얽혀 있다는 걸 알게 됐다. 할머니는 아빠와 달리 그게 이혼의 진짜 이유라고 단정했다. 평생 장사를 하셔서 그런지 모든 걸 돈과 결부시켰다.

"네 아빠가 양육비는 얼마나 주냐?"

"몰라요. 엄마한테 물어보세요."

"걔는 그런 얘기 하면 질색을 하니까 그러지. 아주 고상한 작가 나셨어. 세상에 돈 싫어하는 사람이 어딨어? 저도 돈 벌려고 쓰면서.”

그 말을 전했을 때 엄마는 부인하지 않았다. 시나 소설을 쓰지 않고 '드럽게' 싸워야 하는 드라마를 계속 쓰고 있는 이유는 돈 때문이라고 인정했다.

“근데 그게 다는 아냐.”

“그럼 또 뭐가 있는데?”

“있어. 그런 거⋯⋯”

“그게 뭔데?”

“말 시키지 마. 엄마 지금 슬럼프라 숨 쉬는 것도 벅차니까.”

나처럼 슬럼프란 말을 자주 들은 사람도 없을 것이다. 소고기 수프, 양송이 수프도 아니고 우리 집 메뉴는 허구한 날 슬럼프였다. 작가라면 누구나 종종 슬럼프에 빠진다지만 우리 엄마는 거의 슬럼프 속에서 거주하다가 아주 잠깐씩만 기어나왔다. 고감독 아저씨는 더 이상 오지 않았고, 엄마는 다른 이야기를 다시 처음부터 기획해야 하는데 대세가 막장 드라마라 제작사에서도 엄마에게 그런 드라마를 요구한다 했다. 지극히 섬세하고 감성적인 자신에게 어떻게 그런 소리를 할 수 있냐고 엄마는 게거품을 물었다.

"막장 드라마가 뭔데?"

"그냥 막 나가는 거지. 사람이 사람에게 가져야 할 예의, 배려, 상식, 그런 건 개나 줘버려 그러고 자기 하고 싶은 대로 다 하는 거야."

"딱 엄마네."

"뭐?"

"다른 사람이 뭐라 그러든 자기 생각, 자기 감정에 충실하잖아, 엄마는."

"내가 언제?"

"여기로 이사 온 것만 해도 그렇잖아. 엄마 나한테 상의한 적 있어? 엄마 혼자 다 결정하고 이사하기 며칠 전에 말해줬잖아. 학교 친구들, 동네 친구들, 내 인간관계에 엄청난 변화가 생기는 건데 왜 엄마 맘대로 결정해?"

이혼 문제로 얘기가 넘어가면 더 심각해지는데 엄마도 거기까지는 가고 싶지 않았는지 바로 무릎을 꿇었다.

"그래, 인정. 막장 맞네. 미안해. 앞으로는 안 그러려고 노력할게."

"기대 안 해. 작가들이 다 그렇지 뭐."

나는 엄마를 비난하려고 한 말인데 엉뚱하게도 엄마는 내 말에서 어떤 용기를 얻게 된 것 같다. 뜨거운 욕조에서 때를 싹 벗기고 나온 사람처럼 상기된 얼굴로 슬럼프에서 빠져나왔다.

　"지율리. 내숭 떨지 말고 너 자신을 직시해. 너 완전 막장이야. 온기야. 기다려. 막장 드라마의 여왕이 곧 탄생할 테니까."

3

막장 드라마

　카멜레온 배우라는 말을 들어본 사람들도 카멜레온 작가라는 말은 모를 것이다. 맡은 배역에 따라 완전 다르게 연기하는 배우들처럼 작가들도 쓰고 있는 작품에 따라서 사람이 달라진다. 말투와 행동, 표정, 먹고 입는 것까지도 엄마는 전과 달라졌다. 막장 드라마가 뭔지 방송으로 보지 않아도 충분히 그 위력을 느낄 수 있었다. 엄마가 흡입하는 카페인과 니코틴의 양은 전보다 훨씬 많아졌고, 키보드를 치는 엄마의 손가락은 더 격렬해졌다. 엄마의 입에서 나오는 대사들도 거칠어졌다. 특히 할머니를 상대할 때.

할머니는 엄마를 욕하면서도 엄마가 만든 반찬들은 좋아했다. 우리 집에 다녀갈 때마다 우리 집 냉장고를 털어갔다. 뒤늦게 그 사실을 알고 나면 엄마는 분개했다. '평생 자기 손으로 김치 한 번 안 담가본 엄마'가 입맛이 없다며 곰탕을 해달라고 요구했을 때 엄마는 할머니가 들고 있던 김치통을 빼앗았다. 뺏기지 않으려는 할머니와 뺏으려는 엄마 사이에서 김치통이 나동그라지고 빨간 국물이 사방으로 튀어 올랐다. 김치를 빼앗겨 분한 할머니가 전쟁을 도발했다.

"성질머리하고는. 그러니까 이혼을 당하지!"

"아버지도 엄마랑 살기 싫어했어."

"뭐?"

"자식들 때문에 억지로 참고 산 거라고! 난 아빠처럼 불행하고 싶지 않아서 이혼한 거야! 알아?"

싸울 때마다 지기만 하는 줄 알았던 엄마가 이번에는 이겼다. 할머니는 김칫국물이 튀어 얼룩이 진 강아지(이름이 비지다)를 안고 가버렸다. 엄마는 승리의 쾌감으로 포효했다.

"몇십 년 묵은 체증이 싹 가시네. 아우 시원해! 아우 시원해! 온기야, 에어컨 이제 안 틀어도 되겠다."

그것만으로는 부족했는지 정육점에 가서 사골을 사다
가 밤새 팔팔 끓여댔다.

"이걸 끓여서 엄마한텐 국물 한 방울 안 주고 내가 싹
다 먹어버리는 거야. ㅎㅎㅎㅎ."

내가 가진 복수 본능은 엄마한테서 물려받은 것이란
걸 이날 처음 알았다. 세대를 넘어 진화된 것인지 엄마의
복수는 나처럼 쿨하지 못하고 지극히 감상적이었다. 그날
술까지 한잔한 엄마는 내가 묻지도 않은 과거 얘기를 쏟아
냈다.

"일류 여고 출신이 뭐 그렇게 대단하다고 할머니는 평
생 할아버지를 무시했어. 할아버지는 대학도 나왔고 고등
학교 선생님이었는데 웃기지 않냐? 그런데도 우리 아버지
는 엄마한테 쩔쩔맸다. 왜 줄 알아? 엄마 친구들의 남편들
은 더 잘나가는 사람들이었거든. 무슨 장군, 무슨 원장, 사
장님, 전무님…… 다 그런데 자기 남편만 선생이라고 엄마
가 늘 아버지를 들볶았지. 화장품 가게 한답시고 가족들한
테 제대로 밥 한 번 차려준 적 없는 사람이 말이야."

엄마가 과거의 할머니를 규탄하며 목소리를 높이는 동

안 나는 엄마 때문에 혼자 끓여 먹어야 했던 라면을 생각했다. 아마 다섯 살쯤의 일일 거다. 작업 막바지라 초초초예민 상태인 엄마를 피해 아빠는 밤 열두 시나 돼야 집에왔고, 냉장고 안은 계란 한 알 없이 텅텅 비어 있었다. 싱크대 위 가스레인지가 높아 의자를 끌어다 놓고 라면을 끓이고 있으니까 냄새를 맡고 엄마가 나왔다. 글이 안 풀릴 때마다 물어뜯은 손톱에선 피가 나고 커피와 담배로만 배를채운 얼굴은 시커멨다. 그때 내가 끓인 라면을 뺏어 먹으며 엄마가 뭐랬더라?

"영재네 영재. 우리 온기 벌써부터 라면도 잘 끓이고 요리 영잰가보다. 앞으로 다른 것도 부탁해."

엄마의 그 말 때문에 내 요리 재능은 싹도 나기 전에 꺾였다. 난 다시는 가스 불을 켜지 않았고 배가 고프면 배달음식을 주문했다. 뭘 시킬지 고르는 것도 피곤했는데 엄마는 매번 음식을 먹으면서 아쉬움과 부족함을 찾아냈다. "맛은 있는데 너무 캡사이신 범벅이다", "설탕을 3분의 1스푼만 줄였으면 좋았을걸", "이렇게 만들어서 누가 사 먹겠어?" 작가들이란 무엇이든 비평하기를 좋아한다. 자기 글만 빼고.

"진짜로 할아버지 때문에 이혼한 거야?"

"응?"

"엄마가 할머니한테 그렇게 말했잖아."

"직접적인 이유는 아니지만, 뭐 그런 점도 없다고는 말 못하지."

"솔직히 말해봐. 일부러 할머니 상처 주려고 그런 거잖아?"

"음. 그게 70프로, 80, 90프로? 그래 맞아. 그게 90프로야."

진심보다 훨씬 과장하는 게 막장 드라마다. 그래야 자극적이니까.

패배의 아픔으로 병이 났을 줄 알았던 할머니는 알고 보니 엄마보다 한 수 위였다. 엄마가 곰탕을 끓였다는 걸 어떻게 알았는지, 그것도 여섯 시간씩 세 번이나 고아 다 완성된 직후에 내게 전화를 걸어 곰탕을 가지고 오라고 했다(곰탕집에 주문을 하듯이 너무 당당하게). 엄마한테 허락을 받아야 하나 망설였지만, 작업실에 들어가 있는 엄마를 방해하지 않겠다고 신과 거래했던 것이—거의 지킨 적은 없지만—떠올라 나는 알았다고 대답했다.

　내가 냄비 가득 곰탕을 담아 들고 할머니의 집에 가자 할머니는 밥까지 퍼놓고 식사 준비를 마친 뒤였다.

　"엄마가 곰탕 끓인 거 어떻게 알았어?"

　"내 배에서 나온 앤데 내가 걔를 모르겠니? 내 앞에선 난리 쳐도 돌아서면 마음이 찌그럭거려 가만 못 있지. 내가 그래서 어제 비 맞은 강아지처럼 어깨 축 빠뜨리고 나온 거야."

　배우들만 연기를 하는 게 아니었다. 특히 우리 할머니는 광고에 나오는 국민 배우 뺨치게 연기력이 좋았다. 곰탕을 먹으면서 자기 친구들에게 전화를 걸어 드라마 작가인 딸이 엄마 입맛 없다고 손수 곰탕을 끓여 와 먹는 중이라고 자랑할 땐 정말 감탄해서 박수까지 칠 뻔했다. 곰탕보다는 드라마 작가를 몇 번이나 반복해 강조하다가 할머니는 엄마가 쓰는 드라마가 곧 나올 거라고 했다. 아직 이야기도 못 짠 드라마가 곧 방송된다고 하다니. 나는 할머니가 뭘 잘못 알고 있나 싶어 아니라고 소리치려 했지만 할머니는 내 입을 막았다.

　"우리 아들? 걔는 미국에서 아마존 다닌다니까. 아마존 강이 아니고 세계적인 대기업, 아마존! 넌 어떻게 그것도 모르니?"

아마존 아들로 통하는 외삼촌은 열 살 차이 나는 우리 엄마의 남동생이다. 우리 엄마는 할머니의 속을 긁고 싶을 때마다 동생이 미국에 살기로 한 것도 다 엄마 때문이라고 했다. 자기중심적인 엄마한테 하도 질려서 멀리멀리 떠난 거라고. 할머니는 그럼 왜 너는 내 옆에 있냐고, 자기를 그렇게 사랑해서 남편까지 버리고 온 거냐고 대꾸했다. 두 사람의 전적은 막상막하였지만 실제로는 언제나 할머니의 승이었다. 할머니의 패배는 언제나 고도로 계획된 연기이고 계략이었는데 엄마만 그걸 몰랐다. 작가들은 의외로 순진하다. 세상의 본질을 꿰뚫는 통찰력과 예리함은 그들의 이상일 뿐이다. 그 부분에선 엄마보다 작가의 아들인 내가 좀 더 낫다고 자신할 수 있다. 아빠의 변화를 눈치챈 것도 내가 엄마보다 빨랐다.

주말마다 스파이 놀이를 위해 날 호출하던 아빠가 언제부턴가 바빠지기—바쁘다는 핑계는 너무 진부한 수작이다—시작했다. 그래서 2주에 한 번, 4주에 한 번으로 아빠랑 만나는 간격이 벌어지기 시작했다. 학교뿐만 아니라 학원에서까지 스토킹을 하는 정하에게 시달려서 난 주말만이라도 홀로 쉬고 싶었기에 전혀 서운하지 않았다. 그런데도 아빠는 늘 과하게 사과를 했다. 피자 한 판을 다 먹도록, 날 만나지 못할 만큼 얼마나 바빴는지를 설명하느라 엄마의 일상을 캐묻지도 않았다.

덕분에 난 작가에 대한 반감만큼은 아니지만 은행원에 대해서도 상당한 비호감을 갖게 되었다. 실적 압박 때문에 아빠는 미치겠다고 하소연했다. 남들은 아빠가 시원한 에어컨 아래서 결제만 하면 되는 줄 알지만 실상은 아니라고, 매일 영업을 하러 밖으로 나가 땀을 삐질삐질 흘린다고 했다.

"박카스 상자 들고 부동산 중개소나 상가 들어가 굽실굽실, 어떨 땐 잡상인 취급받는다니까. 뭐 좋은 사람들도 있지만."

그 말을 하면서 말의 내용과 어울리지 않게 아빠는 헤웃었다.

"사실 부동산 중개하는 사람들은 우리랑 공생 관계야. 그쪽도 돈이 모자라 부동산 계약을 망설이는 손님들한테 대출을 연계해주면 좋으니까. 서로 윈윈이니까 친하게 지내면 좋지.”

그 말을 하면서 아빠는 또 야릇한 미소를 지었다. 부동산 중개소에는 남자들보다 여자들이 더 많다는 걸 나는 알고 있었다. 그래서 나는 미끼를 던졌다.

“부동산 아줌마랑 친하게 지내?”

“그러려고. 근데 아줌마 아냐. 한 번도 결혼 안 했으니까 미스지. 올드 미스.”

그 이후 아빠와 만날 때마다 우리는 엄마의 근황 대신 부동산 중개소에서 일하는 올드 미스에 대한 이야기를 나눴다. 굉장히 온순하고 착하고 다른 사람에 대한 배려심이 많다는 말—한마디로 우리 엄마랑은 완전히 다르다—을 늘어놓고 마지막엔 늘 엄마한테는 말하지 말라는 말로 마침표를 찍었다.

“왜?”

“전부터 만난 거라고 의심할 수도 있잖아.”

진짜 엄마를 몰라도 너무 모르는 얘기다. 엄마는 막장 드라마의 여왕이 되겠노라고, 그걸 이룰 때까지는 옆에서 사람이 죽어 나가도 돌아보지 않겠다고 종신 서원을 한 상태였다. 아마 자신이 결혼을 했고, 아이를 낳았었다는 사실도 잊어버렸을 거다. 그래도 신기한 건 꼬박꼬박 아침밥은 차려준다는 거다. 할머니는 그게 다 자기 덕분인 줄 알라고 생색을 냈다.

"내가 네 엄마한테 아침밥을 안 차려줘서 걔가 어렸을 때부터 온 세상에 선포를 했거든. 난 나중에 내 자식 아침밥은 절대 굶기지 않겠다고."

"아침밥만 안 굶기면 점심 저녁은 굶겨도 괜찮다는 거야?"

"그런 걸 한이라고 하는 거야. 사람이 한이 맺히면 필사적으로 그것에만 매달리게 돼 있거든. 남들이 보기엔 우습고 말이 안 돼도 어쩔 수가 없는 거지."

"그럼 할머니의 한은 뭐야?"

"나? 나는……"

"돈. 그래서 맨날 돈돈돈 하는 거잖아."

"에비!"

할머니는 대답 대신 산책 중인 비지에게 소리쳤다. 비지가 사람들이 먹다 버린 아이스크림을 핥아 먹으려다 화들짝 놀라 할머니를 돌아봤다.

"돈 좋지. 그래서 나는 네 아빠가 참 맘에 들었다. 돈 많은 은행에서 일하니까. 그래 잘 지내고 있디?"

난 아빠의 근황을 솔직히 전했다. 아빠는 엄마한테 말하지 말라고 했지 할머니한테 말하지 말라고는 안 했으니까.

아빠가 우려했던 일이 즉각 벌어졌다. 할머니는 아빠가 이혼 전부터 그 여자랑 짝짜꿍했던 거라고 화를 냈다.

"내 그럴 줄 알았다니까. 그런데도 그 맹추는 끝까지 아니라고. 그렇게 세상 물정 어두워 작가는 어떻게 하는지 몰라."

할머니야말로 작가를 몰라서 그런 얘기를 하는 거다. 엄마가 말했었다. 작가는 재능이 많은 사람들이 하는 게 아니라 글 쓰는 것밖에 할 줄 모르는 사람들이 하는 거라고. 그렇지 않으면 계속 작가를 할 수가 없다고 했다. 그렇게 돈을 많이 버는 것도 아니고, 그렇게 재밌는 것도 아닌데 24시간 노예로 스스로를 바치려면 미련하거나, 놀 줄도, 계산할 줄도 몰라야 한다고. 내가 보기에도 그랬다. 다른 엄마들은 명품 백을 메고 브런치를 먹으러 다니거나 여행 갈 계획을 세우고 자랑을 하는데, 우리 엄마는 글밖에 몰랐다. 그동안 미워하기만 했던 작가에게 동정심이 생길

지경이었다. 엄마가 좋아서 선택한 줄 알았는데, 그게 아니라 어쩔 수 없이 붙잡힌 거구나 싶어서.

할머니의 불똥은 나한테까지 튀었다.

"네 아빠가 그런 얘기를 하는데 넌 그냥 듣고만 있었어?"

"그럼?"

"당장 끝내라고 난리를 쳤어야지."

"왜?"

"왜? 온기 넌 아빠가 다른 여자를 만나는 게 좋아?"

"아빠 인생이잖아. 엄마가 그랬어. 누구나 다 각자의 인생을 사는 거라고."

할머니와 다투고 술에 취했던 엄마가 내게 했던 말이다. 아주 가까운 가족이라도 같은 강을 흘러가는 게 아니라 각자의 강이 따로 있고, 흘러가는 지점이 달라 서로를 완전히 이해할 수는 없다고 했다. 너와 나 역시 마찬가지라고.

4
고구려

학년이 바뀌면서 정하랑 다른 반이 되었는데도 정하는 여전히 나를 졸졸 따라다녔다. 쉬는 시간마다 우리 반으로 달려와 '라임'을 내놓으라고 닦달했다.

"서냉기. 오늘은 탈이 필요해. 탈 자로 끝나는 단어 다섯 개만 말해봐."

랩 가사에 맞는 라임을 찾는 게 정하의 하루 일과고, 자신이 원하는 라임을 찾아내기 전까지는 나를 놓아주지 않았다.

"배탈, 허탈, 멘탈, 크리스탈, 탈탈탈."

"와, 역시 우리 냉기 센스 짱. 넌 진짜 천재야 천재."

난 정하를 별로 좋아하진 않았지만 정하의 랩 가사는 나름 재밌었다.

저혈압인 우리 엄만 약이 필요 없어. 엄마를 위해 나는 밤새 게임~

속사정도 모르고 또 지각이라 혼을 내는 우리 담임~

세상은 늘 나를 오해해, 그래도 나는 세상을 이해해. 으헤헤.

이런 식이다. 아직 황갈색이나 암회색을 모르고 세상엔 빨강과 노랑, 파랑만 있는 줄 아는 천진난만함이 정하에겐 있었고 나는 내심 그게 부러웠다. 하지만 너무 친해지고 싶지는 않았다. 태어날 때부터 냉소적이었던 나와는 너무 다른 인종 같아서다. 그런데 정하는 끈질겼다. 자기 집에 가자고 몇 번을 조르더니 결국 나를 억지로 끌고 갔다.

"이번 주말에 랩 학원에서 발표해야 하는데 아직 가사를 완성 못했단 말이야."

"그게 나랑 무슨 상관인데?"

"야, 너도 잘나가는 랩 킹을 친구로 두면 좋잖아. 스카이 들어가는 그런 애들보다 나 같은 애를 친구로 두는 게 더 실속 있는 거야."

"난 실속 그런 거 별로 흥미 없는데."

"알았어, 알았어. 그럼 오늘 딱 하루만 날 도와줘. 그럼 다시는 너 귀찮게 안 할게."

그 말에 속았다. 나 역시 매번 엄마를 방해하지 않겠다고 신에게 맹세하고서도 지키지 않았단 걸 까맣게 잊고 정하의 말을 순진하게 믿었던 것이다.

정하네 집은 아파트 밀집 지역에서 좀 떨어진 전원주택 단지에 있었다. 아빠가 사업을 한다는 건 정하의 랩을 들어 알고 있었는데, 내가 생각했던 것보다 훨씬 큰 부잣집이었다. 정하 엄마는 네일숍에 다녀왔다며 큐빅이 박힌 손톱을 자랑했다. 우리 엄마보다 훨씬 젊고 예뻤고, 간식으로 주신 망고도 엄청 달았다.

정하네 집에 가기 전보다 그 집에서 나올 때 정하가 더 멀게 느껴졌다. 열등감이 아니라 거북했다. 나랑 어울리지 않는 장소라는 느낌? 길고 뾰족하고 반짝거리던 정하 엄마의 손톱이 계속 생각났고, 동시에 하도 물어뜯어 상처투성이인 엄마의 검지 손톱이 떠올랐다. 어쨌든 이제 지겨운

'라임' 지옥에서도 해방이고 정하랑도 끝이라고 생각하니 속이 후련했다.

다음 날 정하는 우리 반에 오지 않았다. 그래서 정말 떨어져 나간 줄 알았는데 착각이었다. 정하는 학원을 땡 치고 집으로 가는 날 미행했다. 그 당시 학교에서 우리 집까지는 15분 정도의 거리였고, 도서관 뒤편의 언덕길을 통해 가면 좀 더 빨리 갈 수 있었다. 그래서 나는 그날도 작은 숲속 길을 올랐는데 정하가 날 뒤따라오다가 나무를 타고 오르는 청솔모를 발견하고 놀라 소리를 질렀다. 그제야 나는 정하를 눈치챘다.

"뭐야? 너?"

"네가 집에 안 데려가니까 따라왔지."

아주 어렸을 때 빼고는 친구들을 우리 집으로 데려온 적 없었다. 숨기고 싶었던 무언가를 들키기 직전처럼 얼굴이 달아오르고 심장이 쿵쾅거렸다. 우리 집이 정하네 집의 반밖에 안 되고, 살림살이도 고급스럽지 않아서가 절대 아니었다. 정하 엄마처럼 평범한 엄마가 아닌 작가 엄마를 보여주기 싫었다. 창피하거나 부끄러워서가 아니라, 우리 엄마를 보고 나면 정하랑은 너무 다른 나의 실체가 들통날 것 같아서였다. 내 안에 있던 회색과 황갈색, 청록색 감정들이 마구 뒤섞이며 검어졌다. 그것들이 화산처럼 분출하며 시뻘겋게 달아오른 말들이 내 입에서 쏟아졌다.

"네가 우리 집엘 왜 가?"

"궁금하니까."

"뭐가 궁금한데?"

"그냥 다. 너 귀찮게 안 하고 조용히 딱 한 시간만 있다 갈게."

"싫어. 싫다고."

"왜?"

"네가 싫으니까! 그러니까 꺼져!"

정하는 해쓱한 얼굴로 나를 보았다. 그러면서도 돌아서서 가지 않는 정하가 꼴 보기 싫어 나는 옆에 있던 나뭇잎과 나뭇가지를 집어 던지며 소리쳤다.

"진짜 싫다고! 이정하!"

마침내 정하가 등을 돌리고 걸어가기 시작했다. 나는 고개를 돌리면 정하가 또 몰래 뒤따라오기라도 할까봐 정하가 멀어질 때까지 그대로 서서 감시했다. 내 가슴에서 터졌던 화산의 여운이 그때까지 남아 손이 부르르 떨렸다.

"약속도 안 지키는 새끼. 너 같은 놈 진짜 싫어."

진짜 싫다고 몇 번씩 말했지만 엄마가 할머니한테 그랬던 것처럼 내 말의 진실은 10프로도 안 된다는 걸 난 말할 때부터 알고 있었다.

그다음 날부터 정하는 날 찾아오지 않았다. 나는 더 이상 졸라대는 사람도 없는데 쉬는 시간마다 습관처럼 혼자서 라임 찾기를 했다. 마마마 자로 끝나는 말은? 엄마, 하지 마, 설마, 가지 마, 인마.

아빠랑 늘 만나는 피자집에 올드 미스가 우연히―진짜 우연이라고는 생각하지 않는다―나타났다. 아빠는 나를 아들이라고 소개했는데, 나는 그때까지도 내 눈앞에 있는 아줌마가 아빠의 올드 미스라고는 생각하지 못했다. 아빠는 늘 미스를 강조했는데, 내 눈에는 보통의 아줌마보다 더 아줌마처럼 보였다. 옷 사이즈가 커서 더 그렇게 보였던 거 같다.

아줌마가 피자를―혼자 먹을 거 같은데 가장 큰 사이즈를 시켰다―포장해 밖으로 사라지자 아빠가 조심스레 물었다.

"어때?"

"인상이 좋네."

"그렇지?"

"응."

"다행이다."

"뭐가?"

"네 맘에 들어서. 네가 싫다고 하면 어떡하나 걱정 많이 했어."

"내가 사귀는 것도 아닌데 왜 내 맘에 들어야 해?"

"그래도 신경 쓰이지. 안 그래도 너 사춘긴데."

"그런 고정관념 진짜 구려."

"응?"

"중학생은 사춘기다, 그런 거 말이야."

"네 말투가 딱 사춘기 말툰데?"

"그런 거 아니거든."

"맞는데 뭘."

"아니라니까. 아니라고!"

아빠는 정하처럼 집요한 구석이 있다. 그래서 더 짜증이 났다.

"나 시험 기간이라 바빠. 그러니까 당분간 불러내지 마. 그리고 아빠가 누굴 만나든 말든 난 상관없으니까 마음대로 하고."

"너 너무 네 엄마 닮아간다. 위험한데. 온기야, 아빠랑 같이 살래?"

"이제 와서 그게 무슨 개똥 같은 소리야!"

"진짜 똑같네."

막장 드라마 속의 한 장면처럼 피자를 아빠 얼굴에 던질 뻔했다. 그만하라면 그만 좀 하지 왜 도대체 멈추지를 못하는 거야? 왜 날 가만히 놔두질 않냐고!

집에 가면 왜 이렇게 일찍 왔냐고 엄마가 물을 것 같아 나는 할머니 집으로 들어갔다. 할머니는 누군가와 통화를 하는 중이었다.

"혹 달린 여자를 누가 데려가?"

할머니 무릎에 앉아 있던 비지가 날 보고 조르르 달려왔다.

"드라마 작가면 뭐 해? 방송이 나와야 말이지. 그런 건 잘나가는 드라마 작가 얘기라 네 누나랑은 상관이 없어.

어이구, 집도 반전세로 얻은 거 보면 모르냐? 내가 줄 돈이 어딨어?"

그제야 나는 할머니가 말한 혹이 나라는 걸 깨달았다. 나는 비지를 안아주지 않고 돌아섰다. 할머니가 통화를 하다 말고 소리쳤다.

"엄마가 오늘 무슨 국 끓였니?"

엘리베이터가 고장이라 6층까지 계단을 오르면서 나는 정하와 아빠와 할머니를 비난했다. 작가인 엄마만 이기적이고 자기중심적인 줄 알았는데 다른 사람들도 마찬가지였다. 정하처럼 남을 미행하는 것도 막장이고, 날 혹이라 칭했던 할머니도 완전 막장이다. 내가 마음에 안 든다고 하면 안 사귈 것도 아니면서 날 존중하는 척하는 아빠도 가증스러웠다.

집에 도착하자마자 마음속에 쌓인 말들을 연습장에 휘갈겼다. 정하의 랩 가사를 하도 많이 들어서 그런지 저절로 랩이 되었다.

우리 엄만 혹이 없는데 왜 할머니는 혹 달린 여자라 그래.
170센티 나처럼 큰 혹 봤어?

내친김에 노래까지 해봤더니 제법 괜찮았다. 제목은 '혹성 탈출'로 할까 고심하고 있는데 맛있는 냄새가 주방에서 풍겨왔다. 엄마가 시간도 오래 걸리고 정성스러운 요리를 한다는 건 불길한 조짐이다.

엄마랑 나는 저녁을 먹으면서 누가 먼저 총을 꺼내나 주시하고 있는 총잡이들처럼 서로 눈치만 살폈다. 그러다 엄마가 먼저 입을 열었다.

"아빠가 너 예민한 거 같다고 하던데. 무슨 일 있어?"

"예민한 사람한테서 태어났으니 예민한 게 당연한 거 아냐?"

"엄마 탓하는 거야?"

"탓하는 거 아냐. 그냥 사실이 그렇다고."

"그래. 유전적인 건 어쩔 수 없는 거니까."

엄마가 너무 순순히 인정하니 오히려 더 긴장됐다. 차라리 엄마가 화를 터뜨리는 게 나을 것 같아 나는 일부러 자극적인 말을 꺼냈다.

"할머니가 오늘 무슨 국이냐고 묻던데."

"안 그래도 할머니 갖다드리려고 삼계탕 넉넉히 끓였어. 너도 많이 먹어."

점점 더 불안해졌다.

"왜 갑자기 천사가 됐어?"

엄마가 물끄러미 나를 응시했다. 그럴 때마다 어렸을 때의 트라우마 때문에 나는 가슴이 철렁했다. 또 황량한 뒷모습을 보이며 밖으로 나가는 게 아닐까 싶어서.

"온기야. 나 작가 그만둘까봐."

내가 그렇게 기다렸던 그 말이 결국 엄마의 입에서 나왔는데 기쁘기보다 당혹스러웠다.

"진짜?"

"응. 좋지? 너 엄마 작가 하는 거 싫어했잖아."

"엄마가 언제부터 날 생각했다 그래?"

"왜 성질을 내? 난 네가 좋아할 줄 알았는데?"

나 역시 내가 그럴 줄은 몰랐다. 엄마가 작가인 게 싫었는데, 작가를 안 한다고 하니 억울한 기분이 들었다. 이제 와서 왜? 글 쓴답시고 나랑 놀아주지도 않더니, 치열하게 쓰겠다고 이혼까지 해놓고 이제 와서 왜? (난 항상 부모의 이혼을 엄마 탓이라고 여겨왔다. 엄마의 작가 친구들 중에는 이혼한 사람들이 많았고, 아빠의 은행원 친구들 중에는 별로 없으니 작가들이 문제인 거라고.)

"여기까지가 한계인 거 같아. 오늘 기획안 다 써서 보냈는데 분명 까일 거야. 재미없어."

"거 봐. 나 때문에 그만두는 것도 아니면서 왜 내 핑계를 대?"

엄마의 안경 너머로 눈썹이 시옷 자로 변했다.

"하여간 어른들은 웃겨. 갑자기 생각해주는 척, 내 의견이 중요한 척하지 마. 이제 와서 새로 적응하기도 짜증 나니까. 그냥 지금까지 살았던 대로 쭉 가라고."

"그래. 알았어."

엄마가 아빠와 다른 점은 쿨하다는 것이다. 하지만 그것도 그땐 마음에 안 들었다. 차라리 한바탕 비를 쏟아내든가. 엄마가 그럴 때면 내 머리 위에 검은 구름이 빙빙 떠도는 것 같았고, 우산을 챙겨야 하나 말아야 하나 신경 쓰이는 장마철처럼 매일매일이 우중충했다.

그런데 내 몸을 흠뻑 적신 비는 다른 데서 쏟아졌다.

랩 학원에서의 발표를 앞두고 정하가 반 친구들 앞에서 리허설을 했는데 그걸 정하의 담임 선생님도 같이 듣게 된 것이 사건의 발단이었다. 선생님이 문제 삼은 부분은 두 번째 마디가 아니라 여덟 번째 마디, 마지막 부분이었다.

저혈압인 우리 엄만 약이 필요 없어. 엄마를 위해 나는 밤새 게임~
속사정도 모르고 또 지각이라 혼을 내는 우리 담임~
세상은 늘 나를 오해해, 그래도 나는 세상을 이해해. 으헤헤.
내가 웃고 싶어 웃는 게 아니야. 나도 마찬가지야. 리쌍.
우리 아빠 잘못 알아듣고 욕한다고 나를 혼내.
어른이 말하는데 웃었다고 열내. 그래서 울었더니 더 화를 내.
누굴 닮아 찌질한지 모르겠대. 아빠만 빼고 다 아는데.
세상은 구려, 옛날부터 그랬어. 고구려.

랩이 끝났을 때 아이들은 열렬히 환호성을 질렀는데 역사 선생님인 정하의 담임이 찬물을 끼얹었다. 어떻게 자랑스러운 고구려의 역사를 그런 라임 속에 넣어 똥칠할 수 있냐며 정하를 혼냈다. 그렇게 아무 생각 없이 랩을 하면 사람들에게 나쁜 영향을 주고 세상에 해가 되니 너는 절대 랩을 하지 말라는 소리까지 했다. 그 때문에 정하가 울고, 정하 엄마가 다음 날 학교에 찾아와 담임에게 항의하는 사태까지 벌어졌다.

려려려 자로 끝나는 말은? 정하의 요구에 '고구려'라는 단어를 그 자리에 넣으라고 말해준 건 나였기에 마음이 무거웠다. 나 때문에 선생님한테 혼쭐이 났는데 정하는 나 때문이라고 선생님한테도, 자기 부모님한테도 말하지 않았다는 걸 알고 나니 더 미안했다. 나는 처음으로 정하를 찾아갔다. 종례가 끝나고 교실 밖으로 나가는 정하는 예전의 나처럼 나를 무시하고 돌아섰다. 그래도 따라가자 차갑게 쏘아봤다.

"너 일부러 그랬지?"

"뭘?"

"고구려. 일부러 나 엿 먹이려고 그런 거잖아."

"아냐. 아무 생각 없이 그냥 라임만 생각하고 말한 거야."

"안 믿어 새꺄. 꺼져."

정말 그게 아닌데 내 진심을 보여줄 수 없다는 게 안타까웠다. 차갑게 멀어져가는 정하의 뒷모습을 바라보는 게, 현관에서 엄마의 뒷모습을 보고 있었을 때만큼이나 착잡했다. 정하는 엄마처럼 돌아오지도 않을 것이다. 나는 다

급히 가방에서 연습장을 꺼내 어제 쓴 가사를 죽 찢어 들고 정하에게로 뛰어갔다. 정하를 부르지도 않고 정하의 옆구리에 그것을 끼워 넣었다.

"내가 써본 건데 한번 봐줘."

난 정하가 그걸 구겨서 집어 던질까봐, 그걸 보고 나면 너무 마음이 아플까봐 도망치듯 돌아서서 뛰었다. 너 같은 놈 싫다고 정하가 소리칠까봐 두 손으로 귀를 막았다. 우리 집 근처까지 와서야 손을 내렸다.

저만치 엄마가 보였다. 마트에 가는지, 산책을 나왔는지 엄마는 도로를 따라 걷고 있었는데 내가 불러도 듣지 못했다. 넓은 인도를 놔두고 굳이 차도와 바짝 붙은 갓길을 걸어가는 엄마가 옥상의 난간을 걷고 있는 것처럼 아슬아슬해 보여 나는 마음이 쓰였다. 넋이 나간 사람처럼 내가 가까이 가도 엄마는 눈치채지 못했다. 뛰어가 엄마의 손을 잡을까 망설이던 그때 엄마가 갑자기 걸음을 멈추고 하늘을 향해 고개를 들었다.

금방이라도 비가 올 듯 우중충한 공중으로 까치 두 마리가 날아가며 깍깍 울어댔다. 순간 엄마의 몸이 물 먹은 식물처럼 부풀어 올랐고 엄마의 얼굴에 생기가 돌았다. 엄마가 날 발견한 것도 그때였다.

"온기야. 방금 엄마 머리 위로 날아간 까치 봤니?"

"응."

"까치는 좋은 소식을 가지고 온대. 엄마한테 좋은 일이 생기려나봐."

엄마는 희망에 차서 말했지만 까치 두 마리에 희망을 가질 만큼 엄마의 절망이 깊은 것 같아 난 더 슬퍼졌다.

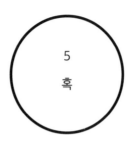

5
혹

지지부진한 나날들은 건너뛰고 내 인생에서 가장 강렬했던 고등학교 시절로 넘어가자. 그사이 난 정하와 같은 고등학교에 진학했고, 우여곡절 끝에 엄마의 막장 드라마가 방송됐다. 할머니는 대박 작가가 되라고 매일매일 기도했지만 시청률은 좋지 않았다. 그래도 할머니는 소수의 팬들에게 다음에 이어질 드라마 내용을 미리 말해주는 재미로 매일 꿀 같은 하루를 보냈다.

"우리 딸이 나한테만 알려준 거니까 절대 다른 사람들한테는 말하면 안 돼."

우리 엄마가 알면 기절했을 말이다. 엄마는 자기 방에 할머니가 들어오지도 못하게 했고, 드라마에 대해서는 절대 얘기하는 법이 없었으니까. 이미 그걸 너무 잘 알고 있는 할머니는 나를 스파이로 이용했다. 이미 아빠의 스파이로 활약한 경험이 있었기에 나는 누구보다 그 역할을 잘할 수 있었다. 대개 엄마가 드라마를 쓰면 그게 촬영돼 티브이로 방송되기까지 2주의 간격이 있었고, 난 그사이에 다음 회 대본을 복사해 할머니에게 건넸다.

"기다려. 그럼 수진이랑 경철이랑 다시 만난다니까. 안 죽었어. 허허. 글쎄 한 회만 지나면 다시 만나게 돼 있다니까. 드라마 작가의 엄마가 그렇다면 그런 줄 알아."

할머니의 인맥들이 컴퓨터를 능숙하게 활용하지 못하는 노인들이라 다행이었다. 그래도 어쩌다 댓글 창에 엄마가 쓴 드라마 내용과 비슷한 것들을 예상하는 내용이 올라오면 난 내 스파이 짓이 들통날까봐 긴장했다. 하지만 주 5일 방송되는 연속극을 집필하느라 엄마는 그런 것을 볼 틈이 없었다. 연속극을 쓴다는 건 바로 뒤에서 늑대가 쫓아오는 것과 마찬가지라고 했다. 잠깐만 한눈을 팔아도 바로 늑대에게 짓밟히고 대본이 없어 배우들이 촬영을 하지 못하는 사태가 발생한다. 군대에 들어간 이등병이 밖으로 나갈 날을 세듯 엄마도 연속극의 남은 회차를 세며 지옥 같은 감옥 생활을 견뎌냈다.

"이제 5회, 딱 5회만 쓰면 돼."

그리고 마침내 마지막 회차 대본을 완성했을 때 엄마는 마라톤에서 우승한 사람처럼 눈물을 흘리며 감격했다. 시청률이 점점 낮아지고 있다는 사실 따위는 '다 끝났다'는 엄마의 환희에 아무 영향을 미치지 못했다. 하지만 할머니는 엄마와 달랐다. 할머니는 엄마의 드라마가 망한 이유를 냉정하게 분석했다.

"막장이 너무 약했어. 다른 작가들처럼 김치 싸대기도 때리고, 술도 끼었고, 화장실 변기에 얼굴을 막 쑤셔 박으라니까 그걸 못해가지고. 으휴, 맹추."

"할머니. 왜 그런 걸 사람들이 좋아하는 거야?"

"자기도 누군가한테 그러고 싶었던 적이 있는데 드라마에서 대신 해주니까 좋아하는 거지."

"할머니도 그런 사람이 있어?"

"그럼."

"그게 누군데?"

"네 삼촌."

아마존 아들이라고 늘 친구들한테 자랑만 하는 할머니라 의외였다.

"죽어라 돈 벌어서 미국 유학까지 보내놨더니 이렇게 배신 때렸잖아."

"무슨 배신?"

"부모 형제 다 버리고 다른 나라 가서 사는 게 배신이지! 개만도 못한 놈!"

할머니가 비지를 얼마나 사랑하는지 알기에 '개만도 못한 놈'은 전혀 욕으로 들리지 않았다. 할머니에겐 인류의 90프로가 비지만도 못한 놈이니까. 우리 엄마나 나도 당연히 거기에 속했다.

"생각해보니까 그런 놈이 하나 더 있네. 온기 네 아빠."

나는 이유를 묻지 않았다. 아빠가 부동산 아줌마랑 재혼한 후부터 수없이 들었던 레퍼토리가 또 시작될까봐 할머니 집에서 나왔다.

아빠가 재혼한 건 6개월 전이었다. 아빠는 예의 그 '사춘기'를 또 거론하며 너의 동의를 받고 싶다고 했었다. 공생 관계든 동거 관계든 난 상관없다고 했지만 아빠의 결혼식 날은 기분이 좀 그랬다.

그 무렵 엄마는 시청률을 죽 쑤고 있는 막장 드라마를 집필 중이라 아빠의 재혼 소식을 듣고도 특별한 반응을 보이지 않았다. 드라마 대사를 쓰듯 건성으로 "축하한다고 전해줘. 결혼식장에도 갈 거니?" 이게 다였다. 나도 갈등 중이었다. 아빠가 결혼식 때 와서 축하해주길 바란다고 했는데, 갈까 말까. 솔직히 축하해주고 싶은 마음은 없는데. 그렇다고 저주하거나 반대하는 것도 아니어서 나는 그냥 가기로 했다.

아빠는 이 나이에 쑥스럽지만 부동산 아줌마가 올드미스라 다시 결혼식을 하는 거라며 내게 청첩장을 보여줬었다. 나는 그 청첩장에 적힌 예식장으로 시간 맞춰 갔는데, 나를 본 친가 사람들이 당황한 표정을 지었다. 할머니는 보자기로 싸듯 내 얼굴을 두 손으로 가리고 날 구석으로 데리고 갔다.

"온기 너 여긴 왜 왔어?"

"아빠가 오라고 그래서요."

"철딱서니 없는 놈. 사돈댁들 보기 전에 얼른 가."

그날 할머니 할아버지의 모습은 정하가 우리 집까지 따라올까봐 안절부절못하던 나와 똑같았다. 두 분이 들키기 싫은 건 바로 '혹'이었고 그게 나였다. 나는 두 분이 더 괴로워하지 않도록 인사를 하고 예식장 밖으로 나갔다.

내가 쫓겨났다는 걸 엄마나 할머니가 알면 속상할까봐 나는 그날 늦게까지 집에 가지 않고 PC방에서 시간을 보냈다. 다른 날보다 전투력이 급상승해 쏘는 족족 명중했다. 같이 게임을 하는 친구들이 놀랄 정도였다. 그런데 왜인지 신나지 않았다. 자식이 결혼을 해 떠나보내는 부모의 마음은 모르겠지만 아빠를 떠나보내는 마음도 꽤 쓸쓸했다. 이혼을 하고부터 함께 살지도 않았는데, 그런데도 아빠와 처음 떨어지는 것처럼 허전했다.

그 후 아빠를 만났을 때 결혼식장에 갔었다는 얘기는 하지 않았다. 내가 그곳에 갔었다는 걸 모르는 아빠는 고등학생이라 바쁠 테니 이해한다고 했다. 아빠가 재혼해서 전보다 자주 못 만나는 게 아니라, 내가 고등학생이라 그렇다고 생각하는 게 더 좋은 것 같았다. 사실 나도 아빠를 만나는 게 더 이상 즐겁지 않았다. 둘이 만나면 전처럼 할 이야기도 없었다. 아빠의 스파이 놀이는 끝났고, 혼자 적

진에 버려진 스파이는 자폭을 하든가, 알아서 살아야 하는 것이다.

난 후자를 선택했다. 여자친구도 생겼고 랩을 하게 됐지만, 아빠에게 그 이야기를 하지는 않았다. 둘 다 엉겁결에 벌어진 일이었다.

'고구려' 사건으로 내게 등을 돌렸던 정하는 내가 자기 앞에서 랩을 하면 내 사과를 받아주겠다고 했다. 나는 1주일 동안 다른 래퍼들이 하는 걸 흉내 내고 연습해서 정하를 찾아갔다. 지금도 기억난다. 정하네 집 앞 놀이터의 가로등 아래서 처음 노래를 뱉어내던 그때의 떨림이.

그날 정하는 혼자가 아니었다. 정하와 같이 랩 학원에 다니는 친구들이 우르르 나를 둘러쌌다. 동물원의 원숭이처럼 구경을 당하는 게 자존심 상하고, 어설픈 내 랩을 조롱할 것 같아 가슴이 터질 것 같았다. 그래도 도망치는 것보다는 낫다는 결심으로 나는 나의 첫 랩을 터뜨렸다.

우리 엄마 몸엔 혹이 없는데 할머닌 우리 엄말 혹 달린 여자래.

난 170센티짜리 혹, 이미 확정됐어 기네스북.

근데 웃기지 않아? 내가 엄마보다 더 크고 몸무게도 더 나가는데, 왜 내가 엄마의 혹?

할머니가 틀렸어. 난 혹이 아니라 훅.

사람들의 마음을 훔치는 훅으로 훅 치고 들어갈 거야. 훅.

사람은 누구도 누구의 혹이 될 수 없어.

그런데도 혹이라 잘못 생각하고 있다면 그만 탈출해. 너의 혹성에서.

어두운 혼자만의 그곳에서 나와. 훅 불어줘 너의 노래.

정하와 친구들은 내 노래를 비웃지 않았다. 내가 불렀던 훅을 따라 하며 내게 손을 내밀었다.

나는 혹 아니고 훅, 훅훅 불어줘.

그때 내 마음 깊은 곳에서 무언가 훅 솟구쳤다. 화산 속 마그마처럼 뜨겁지만 그건 분노는 아니었다.

"나도 혹인데 반갑다, 혹!"

누군가 손을 내밀었다.

"나도 혹이야. 물혹!"

내가 유치한 애들 놀이에 끼어서 원숭이처럼 웃어댈 줄이야. 정하는 내가 랩에 재능이 있다는 걸 이미 알고 있었다고 으스댔다. 정하 말이 맞는지는 모르겠지만 그 친구들과 랩을 하며 노는 게 즐겁긴 했다.

슬아는 고등학교에 입학해 알게 됐는데 나중에 들으니 그전부터 내 이름을 알고 있었다고 했다. 슬아네 집이 정하네 이웃이었고, 그래서 정하가 매일 밤 놀이터에서 연습하는 랩을 자주 들었는데 거기 내 이름도 있었다고 했다.

네 이름은 서온기. 이름은 온기지만 마음은 냉기.

1학년 같은 반이 되고 슬아도 정하처럼 날 '냉기'라고 불렀는데 정하는 그걸 몹시 싫어했다.

"그거 원작자는 나니까 표절이야! 냉기라고 부르고 싶으면 나한테 먼저 허락받으라고 해."

결국 슬아가 치킨 한 마리로 '냉기' 사용 개런티를 지불하고서야 두 사람의 갈등은 풀렸다. 당사자인 나는 제쳐둔 채 자기들끼리 거래하는 게 미안했는지 정하는 닭다리 하나와 가슴살 한쪽을 내 몫으로 줬다. 그날 나는 몰랐는데, 정하와 슬아 사이에는 은밀한 뒷거래가 또 있었다. 내 랩의 녹음 파일을 정하가 슬아에게 넘긴 것이다. 왜 내 허락도 없이 그런 짓을 했냐고 화를 내자 정하는 정색을 하고 말했다.

"걔가 불쌍해서 그랬다. 걔가 왜 널 냉기라고 부르는지 아냐?"

"온기 냉기. 말장난하는 거잖아."

"바보. 널 좋아하니까 그런 거야. 그래서 네가 더 따뜻하게 대해줬으면 좋겠는데 계속 차갑게 구니까 그게 서운한 거고."

"말도 안 돼."

공부도 잘하고 우리 반 반장이고 인기도 많은 슬아가 날 좋아한다는 게 믿기지 않았다.

"넌 널 좋아하는 사람의 마음을 몰라. 그러니까 냉기지. 냉기 한기 시베리아 그보다 더 추운 게 너 서온기~"

정하의 말을 듣고서부터 슬아를 대하는 게 불편해졌다. 걔가 매일 내 랩을 듣고 있을 거라 상상하면 온몸이 간지러웠다.

"홍슬아. 그 파일 삭제해줘."

"무슨 파일?"

"정하가 준 거."

"싫은데."

"나도 싫어. 네가 내 노래 듣는 거."

"왜?"

"너한테 들려주려고 부른 게 아니니까."

"그럼 누구한테 들려주려고 부른 건데?"

"없어. 그냥 한 거야."

"그럼 듣는 사람이 임자네."

"뭐?"

"작가가 책을 내. 그럼 아무나 볼 수 있는 거야. 작가가 너는 읽으면 안 되고, 너는 읽어도 되고 그런 걸 결정할 수는 없잖아. 노래도 마찬가지야. 네가 불렀다고 너는 들으면 안 되고 너는 들어도 되고 그렇게 말할 수 없다고."

슬아의 말이 논리적이라 뭐라 반박할 수가 없었다. 한참 만에야 대꾸할 말이 생각났다.

"나는 정식으로 노래를 낸 게 아니잖아. 그냥 사적으로 부른 거고, 그걸 정하가 내 허락 없이 너한테 준 거니까……”

“그러니까 네 요점은 아무나 네 노래를 듣는 건 싫다 이 거지?”

“그래.”

“오케이. 그럼 내가 아무나가 아니면 되는 거네.”

“뭐?”

“내가 너한테 특별한 사람이 되겠다고. 서냉기. 네가 거부할 수도 있지만 그래도 난 포기하지 않을 거야.”

나는 사실 거부할 기회도 없었다. 슬아가 날 좋아한다고 공개적으로 말했고, 급식실에서 밥을 먹거나 짝을 지어 무언가를 해야 할 때마다 슬아가 먼저 내 옆에 섰으니까. 정하의 마음을 아프게 하고 후회해본 적이 있어서 이번엔 그때처럼 슬아를 매몰차게 밀어내지 못했다. 정하의 말대로 어쩌면 다 핑계인지도 모른다.

“닥치고. 진실은 너도 그앨 좋아하는 거야.”

정하의 아버지가 사업이 망해 정하 부모님은 정하와 동생을 이모네 집에 맡겨두고 지방으로 내려갔다. 그 후 정하는 우리 집을 제집처럼 드나들었다. 처음 정하를 집에 데리고 갔을 때 좀 긴장했지만 아무 일도 일어나지 않았다. 드라마가 종영되고 엄마는 손가락 하나도 까딱할 수 없는 탈진의 시즌이었지만, 엄마는 정하 엄마가 그랬던 것처럼 정하에게 반갑게 인사했고 짜장면과 탕수육을 주문해줬다.

정하는 넉살이 좋아 우리 엄마에게도 같이 먹자고 했다. 난 엄마가 다른 때처럼 또 작가의 습성—뭐든 단점을 찾아내고 비평하는—을 드러낼까봐 조마조마했는데 엄마는 그러지 않았다. 더 놀라운 건 정하가 내 랩 얘기를 했을 때 보인 반응이었다.

"온기 랩 하는 거 못 들어보셨죠? 잘하는데."

"혹성 탈출?"

엄마가 그걸 어떻게 아는지 정작 놀란 사람은 나였다.

"네 방 청소하다가 봤어. 잘 썼더라."

정하가 호들갑스레 맞장구를 쳤다.

"그렇죠? 이 자식 진짜 라임도 잘 찾고 랩 가사의 천재라니까요. 야, 냉기. 한번 불러봐."

"됐어."

"뭘 부끄러워하고 그러냐? 해봐."

"싫다니까."

난 얼굴이 달아올라 내 방으로 들어갔는데, 잠시 후 내 목소리가 들려왔다. 정하가 내 노래 녹음 파일을 또 유출한 것이다.

우리 엄마 몸엔 혹이 없는데 할머닌 우리 엄말 혹 달린 여자래.

엄마가 내 노래를 듣고 있다는 게 창피하고, 한 번도 보여준 적 없는 내 속마음을 적나라하게 들려주는 것이 쑥스러웠다. 나는 정하를 집에 데리고 온 것을 후회했고, 오늘 당장 정하의 핸드폰에서 내 노래를 삭제해야겠다고 결심했다. 그보다 더 먼저 할 일은 집을 나가는 것이다. 나는 내 랩에서 도망치기로 했다. 거실에 나가 정하를 강제로 끌어냈다.

그날 다시 집에 돌아왔을 때 엄마는 아무 일 없었다는 듯이 티브이를 보고 있었다. 내가 방으로 들어가려 하자 엄마가 말했다.

"온기야. 할머니한테도 그 노래 들려주면 좋겠다."

"싫어."

엄마가 시선을 티브이 속 드라마로 돌렸다. 한참을 응시하다가 시선을 돌리지도 않은 채 말했다.

"저 배우는 발음이 너무 안 좋아. 온기 너도 발음을 좀 더 신경 써야겠더라. 흑인지 흑인지 분명하게 전달돼야 하니까."

결국 또 나왔다. 지작가님 지적질. 더 길어지기 전에 내 방으로 들어가려 했는데 엄마의 말이 이어졌다.

"그리고 고마워."

"뭐가?"

"엄마가 도와주지도 않았는데 너 혼자 흑성 탈출을 해 줘서."

나는 방문을 쾅 닫고 들어가는 것으로 대답을 대신했다. 난 흑성 탈출을 한 게 아니었다. 래퍼들이 그렇게 허세를 떨길래 나도 흉내 낸 것일 뿐.

6
스웩

　우리 집에 자주 들락거리면서 정하는 우리 엄마가 작가인 것도 알게 됐다. 정하의 랩을 듣고 엄마가 다른 엄마들은 잘 쓰지 않는 단어들을―핍진성이니 진정성 같은―입에 올렸기 때문이다. 엄마는 그전에는 듣지도 않았던 힙합 음악을 찾아 듣고, 우리 얘기에 끼어들기까지 했다.

　"너무 똑같은 음절이나 각운보다는 이런 식으로 약간 어감을 비틀 때 더 세련되게 들리지 않니? 의미 전달도 '기약'보다는 '약속'이 낫고."

　정하는 나처럼 반발하지 않고 엄마의 의견을 호의적으

로 접수했다.

"작가의 아들이라 어휘력이 좋은 걸 모르고 난 너 천잰 줄 알았잖아. 이 자식한테 완전 깜빡 속았어. 진짜 부럽다."

"뭐가?"

"작가 엄마 멋지잖아."

멋지긴 개똥, 네가 작가의 아들로 살아보지 않아서 그런 소리를 하는 거라고 나는 말하지 않았다. 내가 겪었던 고독과 힘겨움을 늘어놓기엔 정하가 처한 상황이 좋지 않아서였다. 정하는 자퇴를 고민하고 있었다. 자신과 동생이 이모네의 혹이니 자신이 빨리 돈을 벌어 독립해야 한다고 했다. 나의 혹성 탈출보다 정하의 혹성 탈출이 더 힘들고 어려울 것 같은데 정하는 그까짓 거 별거 아니라고 랩을 했다.

"래퍼는 스웩, 스웩이 생명이라니까."

정하가 말하는 스웩이 나는 별로였다. 있지도 않은 자신감을 보여주고 과장하는 게 알맹이 없는 허세 같고, 가짜 같았다. 물론 나도 허세라면 좀 떠는 편이었지만 래퍼들은 좀 심했다. 다 자기가 제일 잘났고, 최고라고 소리 질렀다. 난 차마 그런 말을 내 입으로 할 수 없었고, 처음엔 재밌기만 했던 랩도 좀 질리기 시작했다.

"우리 엄마 아빠가 너 집에 좀 데려오래."

어느 날 급식실에 가면서 슬아가 말했다.

"왜?"

"내 남자친구니까 한번 보고 싶다고."

난 가고 싶지 않았다.

"우리 아빠 이번 주말에 비행 없어. 그러니까 그때 와."

슬아의 아빠는 항공기 기장이었다. 평범한 회사원 아빠보다 그래서 더 부담스러웠는지도 모르겠다.

"가고 싶지 않은데."

"그래도 날 좋아한다면 와야 해."

"왜?"

"우리 언닌 네가 안 올 거라고 장담하니까. 우리가 숨어서 이상한 짓 하고 돌아다닌다고 말도 안 되는 소리 막 꾸며댄다니까. 아주 지겨워 죽겠어. 그러니까 네가 꼭 와서 우리는 떳떳하다는 걸 보여줘야 해."

떳떳하지 않을 이유가 없었다. 내가 먼저 좋아한다고 한 것도 아니고—사실 나는 그때까지 슬아한테 좋아한다고 말 한 적도 없었다—영화를 같이 보러 가자고 하거나, 뭘 먹으러 가자고 먼저 손을 잡는 것도 항상 슬아였으니까.

정하는 결국 자퇴서를 냈다. 밤에는 배달 알바를 하고 낮에는 랩을 하는 게 정하의 계획이었다. 난 정하에게 슬아 부모님의 초대를 어떡해야 하는지 상의했다.

"간단하네. 홍슬아가 좋으면 가고, 좋아하지 않으면 안 가면 되지."

"좋아하지 않는 건 아닌데 그렇다고 엄청 좋아하는 건 또 아닌 것 같아서."

"그럼 가서 확인해보면 되겠네. 네가 걔를 얼마큼 좋아하는지."

"어떻게?"

"불편함 테스트?"

"그게 뭔데?"

"우리 아빠 나 랩 하는 거 처음에 반대했거든. 그래서 나도 아빠랑 말 안 했었어. 한두 달 정도? 엄청 불편하고 가슴이 갑갑한데도 계속 참았어. 내가 랩을 얼마나 좋아하는지 그때 알았지."

걱정했던 것보다 슬아 부모님은 친절했다. 정성스레 만들어주신 파스타와 폭립도 맛있었다.

"우리 슬아가 온기 자랑 얼마나 많이 하는지 몰라. 랩도 잘한다면서?"

"아, 아니에요. 그냥 취미로 조금 하는 거예요."

"그럼 대학에 가겠네?"

"그래야죠."

"무슨 과?"

"그건 아직 모르겠어요."

"우리 슬아는 의대 목표인 거 알지?"

"예."

슬아 부모님은 건전하게 사귀라는 말을 강조했다. 진짜 사랑은 서로 잘되게 도와주고 지켜주는 거라는 말씀도 하셨다. 그 말을 들으면서 대학생인 슬아의 언니가 슬아에게 눈을 흘겼다.

"온기 쟤보다 슬아 얘가 문제야, 아빠."

슬아가 도끼눈을 뜨고 언니를 꼬집었지만 슬아 언니는 그만두지 않았다.

"쪼끄만 게 발랑 까져가지고. 온기야. 슬아 중학교 때도 사귀는 애 있었다. 네가 아마 네 번짼가 다섯 번짼가."

"언니!"

"왜 사실이잖아?"

"그래 언니 넌 연애 한 번도 못해본 모태 솔로고. 그게 자랑이냐?"

슬아 아빠의 중재로 두 자매의 싸움은 멈췄지만 나는 그 자리에 있는 게 불편했다. 내가 얼마나 이 불편함을 견딜 수 있는가에 따라서 내가 슬아를 얼마큼 좋아하는지도 알 수 있을 거라는 정하의 말 때문에 최대한 참으려 했지만 1분 1초가 고통스러웠다.

결국 한 시간을 간신히 넘기고 그만 가봐야겠다고 인사를 하고 나오는 내게 슬아 부모님은 안도의 미소를 지었다.

"솔직히 네가 랩을 한다고 해서 우리는 막 걱정했어. 머리 이상하게 땋고, 문신도 하고 피어싱도 하고 그런 앤 줄 알았다니까."

"그래. 이렇게 보니까 마음이 놓이네. 우리 슬아 잘 지켜줘."

"엄마, 꼰대 같은 말 좀 그만해. 지켜주긴 뭘 지켜줘?"

슬아네 집 대문을 나오고 나니 그제야 숨통이 트이는

거 같았다. 나는 혼자 가겠다고 했는데도 슬아는 기어코 따라 나왔다. 근처에 있는 공원을 한 바퀴만 돌고 가자며 그쪽으로 나를 이끌었다. 슬아는 다른 때보다 내 손을 더 꼭 쥐었다.

"오늘 우리 집에 와줘서 고마워. 우리 식구들 웃기지?"

"아니야."

"아까 우리 언니가 한 말 다 뻥이야. 잠깐씩 사귄 건 맞는데 너처럼 좋아한 건 아냐."

"뭐 상관없어."

슬아가 갑자기 걸음을 멈추고 날 노려봤다.

"상관없다고?"

"응."

"어떻게 그런 말을 할 수가 있냐? 너 나 하나도 안 좋아하지?"

"그런 건 아닌데."

"아니긴 뭐가 아냐? 그러니까 그런 말을 하는 거잖아!"

슬아가 눈물을 터뜨리는 바람에 나는 당황스러웠다. 공원엔 사람들이 별로 없었지만 강아지를 데리고 산책하던 어른이 수상한 눈초리로 나를 돌아봤다.

"넌 내가 너 좋아하는 거에 3분의 1, 아니 10분의 1도 안 좋아해."

그럴지도 모른다고 난 수긍했다. 슬아가 날 얼마큼 좋아하는지는 모르겠지만, 난 한 시간의 불편함을 간신히 견딜 정도밖에 되지 않았다. 그래서 미안하기도 하고, 슬아도 이젠 날 많이 좋아하지 않았으면 좋겠다 싶었는데, 슬아가 주먹으로 눈물을 쓱쓱 닦아냈다.

"괜찮아. 내가 더 좋아하면 되니까. 그럼 언젠가 너도 날 더 좋아하게 되겠지."

점수 올리듯 그렇게 노력해서 사람을 좋아하게 할 수 있는 걸까? 난 순간 의문이 들었다.

"이런 것도 모르고 바보 같은 우리 언닌 우리가 키스할까봐, 우리가 자기라도 할까봐 난리 부르스야."

슬아의 입에서 너무나 자연스럽게 튀어나온 그 말들 때문에 슬아 집에서 들었던 얘기들이 되새겨졌다. 슬아 언니뿐만 아니라 슬아 부모님이 가장 크게 걱정하는 것도 바로 그것이었다. 나 서온기는 위험하진 않지만 그렇다고 미래가 밝은 애는 아니다. 그러니까 슬아의 영원한 사랑이 아니라 짧은 추억 속 한 사람으로만 스쳐야 하고, 그들이 원하는 건전하고 예쁜 추억 속엔 그런 스킨십이 있어서는 안 되는 것이다. 묘한 반발심이 일었다. 슬아는 아까보다 더 내 손을 힘주어 잡았고, 나는 그 손을 내 입으로 가져다 입을 맞췄다(왜 갑자기 그런 행동을 했는지는 지금도 모르겠다. 엄마의 드라마에서 그런 장면을 봤던 거 같기도 하고). 그때 슬아의 볼에 빨간 홍조가 피어올랐고 슬아는 슬아답지 않게 부끄러운 표정으로 나를 보았다. 그때 처음 슬아가 귀엽다는 생각을 했다. 늘 자신만만하고 당당한 슬아가 나한테만 다른 얼굴을 보여주는 것 같아 설레기도 했다. 하지만 책에서 말하듯이 갑자기 심장이 쿵쾅거리고 온몸이 번개 맞은 것처럼 짜릿짜릿해지는 기분은 느끼지 못했다. 그런 건 작가들의 뻥이라는 걸 알고는 있었지만, 또 한편 내가 슬아를 많이 좋아하는 건 아니어서 그럴지도 모른다는 생각이 들었다.

슬아와 사귄다는 얘기를 엄마에게 하지 않았는데 엄마는 알고 있는 눈치였다. 엄마랑 같이 있을 때 내 핸드폰이 울리거나 카톡 소리가 나면 엄마가 요상한 미소를 지었다. 그러다 정하를 통해 슬아에 대해 들은—정하를 애초에 우리 집에 데려오지 말았어야 했다―모양이었다.

"우리 온기에게도 여자친구가 생기다니 신기하네."

"신기하긴 뭐가 신기해?"

"너 슬아네 집에도 갔었다며?"

"그래서? 그래서 엄마도 슬아한테 우리 집에 와서 인사하라고 하려고? 꿈 깨. 그럴 일은 없으니까."

"나도 그런 요구는 안 해. 근데 걔는 왜 네가 좋다니?"

나도 슬아에게 물어본 적 있었다. 그때 슬아의 대답은 이랬다.

"난 날 좋다는 남자애들은 별로 관심 없어."

"그러니까 내가 널 안 좋아해서 좋아한다는 거야?"

"뭐 처음엔 그랬다고."

슬아는 하여간 좀 특이한 애다. 할머니가 발목을 삐어서 다 나으실 때까지는 비지의 산책을 내가 시켜주게 됐다고 했을 때 슬아는 주말마다 자기도 같이 하겠다고 했다. 우린 노을이 질 무렵 비지를 데리고 하천가의 산책길을 걸었고, 슬아는 우리 주위를 지나가는 가족들을 유심히 바라보며 나와 함께 하는 미래를 그렸다.

"넌 애를 몇이나 낳고 싶어? 그애들이 무슨 일을 했으면 좋겠니? 여름휴가엔 어디를 갈까? 우리 애들한테 우리도 저런 자전거를 사주자.”

그럴 때마다 난 그저 황당한 표정으로 입만 떡 벌리고 있었다. 어쩌다 슬아의 질문이 미래가 아닌 현재에 머물면 고마운 마음마저 들었다.

“얘 이름은 왜 비지야? 강아지가 바쁠 일도 없는데?”

“영어가 아니고 두부 만들 때 나오는 비지야. 색깔이 비슷해서 할머니가 그렇게 불러.”

“아. 베이지색?”

“응. 할머니가 영어에 대한 감정이 있어서 베이지 대신 비지라고 하신 거 같아.”

“무슨 감정?”

할머니는 몇 년 전에 미국에 있는 외삼촌한테 다녀왔다. 가실 때는 거기서 쭉 살 수도 있다고 하셨지만 할머니는 한 달도 안 돼 한국으로 돌아오셨다. 집도 크고 수영장도 있고 좋은데, 음식도 입에 안 맞고 영어도 맘에 안 들어 살 수가 없다고 하셨다.

“거기 사람들 혓바닥을 얼마나 굴려대는지, 듣고만 있어도 속이 니글거리더라니까.”

그 이후로 할머니는 절대 영어를 쓰는 법이 없었다. 미국에 가시기 전까지만 해도 '어메리카'에 사는 우리 아들, '아마존 리버가 아니라 글로벌 기업 아마존 컴퍼니'라는 말을 달고 사셨던 분이 말이다.

"내 친구 세영이 알지?"

세영은 슬아의 중학교 시절 단짝 친구였다. 학교는 다르지만 슬아와 같은 학원을 다녀 나도 몇 번 본 적 있었다.

"나 걔 때문에 속상해 죽겠어."

"왜?"

"우울증인가봐. 걔네 집이 좀 문제가 있는데, 그래서 힘들어하긴 했는데 요즘 더 심해진 거 같아."

"무슨 문젠데?"

"걔네 엄마 아빠가 서로 말을 안 한대. 세영이 유치원 때부터 지금까지."

"진짜? 그게 가능해?"

"나도 안 믿겼는데 걔네 집에 놀러 간 적 있었거든. 근데 정말로 그렇더라고. 엄마랑 아빠랑 퇴근하면 각자 방으로 들어가. 아빠는 집에서 밥도 안 먹고."

정하의 말대로라면 세영의 엄마 아빠는 자식들을 엄청

나게 사랑하는 게 분명했다. 그렇게 오랫동안 불편함과 침묵을 참으면서 버티고 있으니까. 슬아에게 그 이야기를 하니 슬아는 고개를 저었다.

"말도 안 돼. 세영이가 엄마 아빠 때문에 얼마나 힘들어하는데. 걔는 엄마 아빠가 차라리 이혼하면 좋겠대."

그날 집에 오면서 나는 머리가 복잡해졌다. 불편함 테스트로 사랑을 측정할 수 있다는 정하의 말은 세영의 경우에는 들어맞지 않았다. 그렇다면 내 경우에도 맞지 않을 수 있었다. 슬아네 집에서 한 시간을 간신히 버텼지만, 그래서 슬아를 조금밖에 좋아하지 않는다고 결론 내릴 수는 없는 것이다. 나는 슬아가 웃으면 기분이 좋았고, 슬아가 울면 마음이 아팠다.

엄마는 할머니 집에 갔다가 비지를 데리고 걸어오는 슬아를 슬쩍 봤다며 빙글빙글 웃었다.

"너 외모에 신경 좀 써야겠더라. 그렇게 예쁜 여자친구랑 사귀려면 옷도 좀 신경 써서 입고 다녀. 새 옷 좀 사줘?"

"됐어."

"용돈 더 필요하면 말해. 엄마 계약금 받았으니까."

"또 드라마 하게? 지난번에 이젠 죽어도 안 한다더니?"

드라마가 막바지를 향해 갈 때 나는 엄마가 작업실에서 두 손을 가지런히 모으고 무릎을 꿇은 채 기도하는 모습을 몇 번이나 봤다. 다시는, 다시는 드라마 같은 거 쓰지 않겠으니 이번에만 끝까지 쓸 수 있게 해달라고. 애를 낳을 때 너무 고통스러워 다시는 낳지 않겠다고 맹세하는 여자들이 둘째 셋째까지 낳는다는 말과 똑같이 엄마는 그새 그 기도를 잊어버렸다.

"연속극은 아니고 좀 짧은 거 하나만 하려고."

"나 때문이야?"

"뭐가?"

"그렇게 힘들어하면서 드라마 계속하는 거?"

"엄마가 그런 것 같니?"

"아니. 엄마는 날 위해 희생할 사람이 아니지."

"맞아. 난 누가 누구를 위해 희생하는 거 안 좋다고 생각해. 희생을 하고 나면 누구든 상대에게 그만큼 기대하게 되고, 결국 서운한 마음을 품게 되거든. 그러니까 너도 날 위해 절대 희생하지 마."

예전에는 엄마가 그렇게 말하는 게 좀 서운하고 미웠

다. 하지만 그땐 오히려 다행이란 마음이 들었다. 엄마가 나 때문에 불행을 견딘다고 하면 나도 세영이처럼 우울해질 것 같았다.

"이번 작품 고감독이랑 같이 할 거 같아."

"전에 싸우고 그만뒀던 그 아저씨?"

"응."

"왜?"

"그사이 고감독도 나도 많이 변했으니까. 둘 다 망하기도 했고."

"망한 사람들끼리 만나면 더 망하는 거 아냐?"

"그럴 수도 있고, 이번에는 절대 안 망한다는 의지로 더 잘할 수도 있고. 제작사에서 작업실을 얻어준다는데 어떡할까? 엄마 집에 없어도 괜찮겠어?"

다른 작가들은 작업실에서 일을 해도 엄마는 항상 집에서 글을 썼다. 나는 나 때문에 그런 거라고 한 번도 생각하지 않았기에 엄마가 이런 걸 나한테 묻는 게 의아했다.

"엄마 좋을 대로 해."

엄마는 그때부터 작업실로 출근했다. 아침에 나랑 같이 나갔다가 내가 학원에서 돌아올 때까지 집에 안 올 때도 있었다. 언제나 집에 있던 엄마가 없으니 느낌이 이상했다. 이사 오고 나서 한 번도 들어가본 적 없는 엄마의 작업실 문을 열어보았다.

막장 드라마의 종영과 함께 담배를 끊었는데도 엄마의 방엔 아직도 담배 냄새가 배어 있었다. 엄마가 앉아 작업하던 의자의 쿠션은 푹 꺼져 있었다. 책상 위 모니터 옆으로는 엄마가 붙여놓은 메모지들이 가득했고, 그 앞에 어린 시절 내 사진이 있었다. 웃고 있는 얼굴이 아니라 울고 있는 모습이었다. 엄마가 날 혼자 두고 집을 나갔을 때였던 거 같다. 엄마가 왜 하필 우는 사진을 붙여놨는지 그땐 몰랐다.

7

테러리스트

2학년 첫 중간고사를 얼마 앞두고 슬아가 과외 선생님이랑 갑자기 보충수업이 잡혔다며 내게 도움을 요청했다.

"세영이 생일이라 오늘 만나기로 했는데 네가 나 대신 좀 나가줘. 응?"

"그냥 다음에 만나자고 해."

"안 돼. 세영이 실망할 거야. 걔 안 그래도 요즘 심하게 우울하다고 했잖아. 내 선물 대신 좀 전해주고 세영이 즐겁게 해줘. 부탁할게, 냉기야."

토요일인데 특별히 할 일도 없어서 나는 슬아의 말을

들어주기로 했다. 세영은 슬아 대신 스타벅스에 앉아 있는 날 보고 놀라지 않았다. 슬아가 미리 말해줬다고 했다.

"안 나오려고 했는데 슬아가 너 벌써 나갔을 거라고 해서 왔어."

슬아한테 그런 얘기를 들어서 그런지 세영의 얼굴이 너무 어둡고 힘들어 보였다. 나는 선물만 받고 돌아가려는 세영을 붙잡았다.

"슬아가 시키는 대로 안 하면 죽는다고 그랬어. 난 오늘 슬아 계획대로 움직이는 아바타야."

세영이 억지로 웃어 보였다.

"슬아랑 네 노래 같이 들은 적 있어."

또 '혹성 탈출'이 튀어나왔다. 창작품의 불법 다운로드만 문제가 아니다. 원작자의 동의 없는 유포는 꼭 근절돼야 한다.

"부모님이 언제 이혼하셨어?"

"4년 전에."

세영은 다른 아이들처럼 안됐다는 표정을 짓지 않았다. 나는 그래서 더 시니컬한 분위기를 잡고 싶었던 것 같다.

"내가 태어나고 싶다고 한 적도 없는데 자기들 마음대

로 낳고, 자기들 맘대로 헤어지고, 너무 일방적이고 폭력적이지 않냐? 태어났을 때부터 자식들을 피해자로 만드는 부모라는 존재들이 난 너무 웃긴 것 같아."

흐릿했던 세영의 눈이 반짝였다.

"나도 동감이야."

"뭐 이 세상 모든 부모가 문제 있는 건 아니지만 이기적인 사람들이 아무 생각 없이 부모가 되는 경우가 너무 많다는 거야. 우리 부모 같은. 그렇게 자기 하고 싶은 거 다 하고 살 거면 자식을 낳질 말았어야지."

"이기적인 걸로 따지면 너희 부모보다 우리 부모가 더 이기적일걸. 말로는 우리 때문에, 우리가 클 때까지 참는 거라고 하지만 난 알아. 그 사람들은 자기 인생을 포기한 거야. 새롭게 살아갈 의지도, 희망도 없으니까 그냥 이렇게 지옥 같은 하루하루를 살아가는 거지. 우리가 그 속에서 말라죽든 말든 그런 건 신경도 안 쓰면서 그냥 핑곗거리, 방패로만 우리를 이용해."

나의 비난엔 진심보다 허세가 더 컸는데 세영의 말은 그렇지 않았다. 그래서 잔뜩 잡았던 허세에 바람이 빠지며 주눅이 들었다. 아우슈비츠를 잘 안다고 주장하는 사람이 아우슈비츠에서 살아남은 사람을 만났을 때의 기분이라고 할까.

"이혼할 용기도 없는 패배자들, 비겁하고 한심해. 나도 우리 부모님처럼 될까봐 무서워."

세영의 숨 하나하나에 녹아 있는 피맺힌 절규 때문에 나는 더 위축됐고 빨리 집에 가고 싶었다. 그렇다고 금방 꼬리를 내리고 도망치는 것도 우스워 보일 것 같아 나는 아무렇지 않은 척 건방을 떨었다.

"어른들이 다 그렇지 뭐. 기대하지 마. 그래야 실망도 안 하니까."

세영이 그런 날 호기심 어린 눈으로 빤히 보았다.

"요즘도 랩 하니?"

"가끔, 그냥 생각날 때마다 끄적거리는 거야."

"들려줄 수 있어?"

"응?"

"네 랩."

"아직 완성도 못했어."

세영이 실망스러운 얼굴로 입술을 깨물었다. 세영을 즐겁게 해주기는커녕 더 우울하게 만들면 안 된다는 강박

감으로 나는 얼른 덧붙였다.

"혹이 생각이 안 나서 아직 미완성인데 그래도 괜찮다면 불러볼게."

우리는 동전 노래방을 찾아 들어갔다. 그곳에서 나는 마이크를 들고 그 무렵 쓰고 있던 랩을 시작했다. 전반전의 패배를 만회하려는 선수처럼 나는 혼신의 힘을 다해 노랠 불렀다.

(내레이션) 난 테러리스트. 태양을 쏘라는 친구의 지령을 받았다.

오토바이 배달 알바는 새벽 세 시까지 일을 해야 해.

늦게까지 일한다고 태양은 봐주지 않아.

게임한다고 늦게 잠든 내가 태양을 원망하며 지각할 때

내 친구는 동생을 깨워 학교에 보내고 다시 잠을 청해.

눈이 부셔 잠을 잘 수 없대, 커튼을 치고 눈을 감아도 태양이 보인대.

밤이 돼 오토바이를 타고 거리를 달릴 때도 태양이 보인대.

그 태양은 바퀴를 달고 도시를 누빈대 구석구석.

친구의 몸에서 치킨과 피자, 족발의 냄새를 맡아내는 눈치 없는 나의 후각.

세영이 박수를 쳤다. 웃는 얼굴이 아니라 슬픈 얼굴이었다. 억지로 울음을 참고 있는 듯한 표정 같기도 했다. 난 정하 이야기라고 말했다. 밤에는 아르바이트를 하고 낮에는 랩을 할 계획이었지만 정하는 피곤해서 그렇게 좋아하는 랩을 못한다고 했다. 얼마 전까지만 해도 정하는 초딩처럼 12색 세상밖에 모른다고, 내가 가진 크레파스는 24색이나 된다고 어른인 척했었는데, 어느새 정하는 36색 크레파스를 가졌고 나는 정하가 아는 세상을 그저 짐작하고 상상만 할 뿐이었다.

"다 사는 게 힘들구나. 이 노래 잘 완성되면 좋겠다. 훅, 나도 고민해볼게."

세영의 목소리가 좀 가벼워졌다. 내 노래가 세영의 침울함을 조금은 덜어준 것 같아 기분이 좋았다. 그래도 후반전에 분투해서 무승부로 경기를 마친 듯한 안도감이 밀려왔다. 이 정도면 슬아한테 비난이나 야유를 받지는 않을 거라 생각하며 나는 편한 마음으로 집에 돌아가려 했다.

그런데 세영이 내 팔목을 붙잡았다.

"노래 불러줬으니 밥은 내가 살게."

왜 세영이 슬아의 단짝 친구인지를 그때 알았다. 세영은 슬아만큼이나 주도적이고 고집이 셌다. 덕분에 난 늘 슬아에게 그렇듯 세영에게도 끌려 나갈 수밖에 없었다. 세영은 내가 피자를 좋아한다는 말을 슬아에게 들었다며 날 피자집으로 데리고 갔다. 그날 알게 된 사실인데 세영은 나에 대해 모르는 게 없었다. 슬아가 미주알고주알 그렇게 다 고해바쳤을 줄이야. 난 가장 친한 정하에게도 슬아에 대한 이야기를 잘 하지 않는데, 슬아는 나와 달랐다. 그래서 기분이 나빴다기보다 뭔가 불리한 느낌이었다. 상대는 나에 대해 많은 걸 알고 있는데, 나는 세영에 대해 아는 게 없으니 처음부터 지고 들어가는 기분?

세영은 정하에게 관심을 보였다. 돈을 벌어 동생과 함께 독립하겠다는 정하의 계획이 하루빨리 성공했으면 좋겠다고 했다. 자기도 남자로 태어났으면 정하처럼 배달 오토바이라도 탈 수 있을 텐데, 라며 부러워도 했다. 정하가 배달 한 건당 받는 돈의 열 배가 넘는 피자를 먹으면서 말이다. 그 사실을 지적해주고 싶은 걸 참느라 콜라를 엄청 마셨다.

"혹 생각나면 네 핸드폰으로 연락할게. 번호 좀 알려 줘."

난 처음에 세영의 말을 잘 못 알아듣고 당황했다. 혹 내 생각이 난다는 말로 오해하고 얼굴이 빨개진 것이다. 세영이 의아하게 그런 날 응시했다.

"네 랩 말이야. 아직 완성되지 않은 혹 나도 고민해보겠다고 했잖아."

그러니까 '혹, 생각나면'이었던 거다. 쉼표 하나가 이렇게 중요할 줄이야.

"아. 그거. 그, 그래."

나는 혼자 착각하고 부끄러워했던 게 창피해 말을 더 듬었다. 핸드폰을 찾기 위해 가방을 뒤지다가 노래방에 핸드폰을 빠뜨리고 나왔다는 걸 깨달았다. 세영과 피자집을 나와 다시 노래방에 가봤지만 핸드폰은 사라지고 없었다. 세영이 자기 때문에 핸드폰을 잃어버리게 됐다며 미안해했다. 세 시간이나 공을 들여 세영의 굳은 표정을 풀어놨는데, 다시 원래 자리로 되돌아갈 위기에 봉착했다. 그래서 난 더 힘주어 말했다.

"너 때문이 아냐. 내가 잘못한 거지."

"날 만나러 나오지 않았으면, 내가 노래방에 가자고 안 했으면 핸드폰을 잃어버릴 일도 없었잖아."

"그거야 모르지. 내가 다른 데 갔다가 잃어버렸을 수도 있으니까. 중요한 건 네 탓이 아니라 내 탓이라는 거야. 그리고 난 누굴 위해 희생하고 그런 거 안 해. 널 만나러 온 것도, 노래방에 간 것도 다 내가 원해서 한 거야."

어디서 많이 들어본 얘기가 내 입에서 술술 흘러나왔다. 아, 지작가의 잡설들! 다행히 세영은 나처럼 재수 없다는 표정을 짓지 않았다. 얘 좀 멋있는데? 그런 눈빛이었던 것 같다. 그런 눈빛을 받으니 나도 좀 으쓱했다. 어디선가 엄마의 웃음소리가 들렸다. 난 환청인 줄 알았는데 아니었다. 바로 앞에 있는 식당에서 엄마가 고감독 아저씨랑 나오고 있었다. 나는 엄마 흉내를 내다가 들킨 사람처럼 움찔 놀라 고개를 돌렸다. 엄마는 날 보지 못한 채 고감독 아저씨랑 내 앞을 지나갔다.

"서온기. 오늘 고마워. 네 덕분에 좀 따뜻해졌어."

핸드폰을 잃어버리는 오점을 남겼지만 그만하면 잘했

다고 슬아에게도 칭찬을 받을 줄 알았는데 내 예상은 틀렸
다. 슬아는 단단히 삐쳐서 날 보자마자 무섭게 노려봤다.
핸드폰을 잃어버려 전화를 못 받았다고 해명했는데도 화
를 풀지 않았다. 세영이 집에서 나오면서 핸드폰을 꺼두었
다는 걸 나는 알지 못했다. 슬아는 나와 세영에게 전화를
몇십 통이나 했는지 모른다고, 둘 다 자기 전화를 받지 않
아 얼마나 걱정했는지 아느냐고 열을 냈다. 우리가 길을
잃어버리는 어린애도 아닌데 왜 걱정을 하냐고 했더니 슬
아는 더 화를 내며 날 바보라고 욕했다. 그 말을 들으니 더
이상 달래줄 맘이 싹 달아났다.

"걔가 널 엄청 좋아하나보네."

정하의 해석은 내 생각과 달랐다.

"그래서 질투하는 거야. 슬아가."

"질투?"

"그래. 그래서 세영인가 하는 그 애와 너 사이에 혹시
썸씽이 생긴 게 아닐까 걱정했던 거라고."

"말도 안 돼. 그럼 애초에 왜 나보고 세영일 만나라고
해?"

"그땐 그런 걱정을 안 했던 거지. 아님, 널 시험하고 싶

었거나.”

“시험?”

“나도 잘 모르지만 여자들은 우리랑 달리 복잡하다니까.”

정하가 말했던 ‘복잡한 여자들’ 중에 우리 엄마도 포함된 것 같다. 계약금 받았다고 용돈 많이 줄 것처럼 할 땐 언제고 핸드폰을 새로 사달라 했더니 엄마는 아빠에게 말하라고 했다. 아빠는 핸드폰을 사주는 대신 조건을 달았다. 주말에 아줌마랑 같이 시골 할아버지 댁에 가는데 나도 같이 가야 한다는.

아빠가 아줌마랑 재혼하고, 그 집에 한 번 간 적이 있었다. 우리 집보다 더 깨끗하고, 아기자기한 소품도 많았다. 그래서 우리 집 같지가 않았다. 아빠가 그곳에 있는데도 나는 친구네 집에 간 것처럼 낯설고 어색했다.

우리 엄마는 나와 말을 할 때도 머리의 일부는 다른 세상에 가 있는데 아줌마는 그렇지 않았다. 나에게만 온 정신을 집중해 내 말을 듣고, 내가 말을 할 때마다 폭풍 리액션을 해주었다. 늘 건조하고 시큰둥한 우리 엄마의 반응과는 딴판이었다. 그런데 이상하게도 그게 좋다는 느낌보다 피곤했다. 아줌마가 그러니까 나도 그렇게 해줘야 할 것 같고, 별로 관심 없는 얘기를 해도 딴생각을 할 수가 없어 집에 올 때는 녹초가 되었다.

그런데 함께 좁은 차를 타고 세 시간이나 가고, 할아버지 집에서 하룻밤을 머물다가 다시 돌아와야 한다. 핸드폰 때문에 거절하지 못했다는 것이 더 굴욕적이라 가는 날 아침부터 침울했는데 엄마는 그런 날 고소하다는 듯이 배웅했다.

"세상에 공짜는 없어. 뭐든 다 대가가 따르는 거야."

그걸 누가 모르나. 나는 약이 올라 엄마의 기분을 망치기로 했다.

"엄마가 이혼을 안 했으면 내가 이런 대가를 치르지는 않았겠지."

"뭐?"

"내가 비위를 맞춰줘야 하는 엄마가 두 사람이나 되지는 않았을 거라고."

"그건 내 탓은 아니지. 재혼한 사람은 내가 아니고 네 아빠니까. 그리고 서온기 너 말은 똑바로 해라. 언제 네가 내 비위를 맞춰줬니?"

사실 맞춰줬다고 하기엔 어폐가 있었다. 난 엄마 배 속에 있을 때부터 그냥 작가인 엄마한테 당한 거니까. 내가 그 말을 꺼내려고 하자 엄마가 내 입을 막았다.

"너 가기 싫으니까 괜히 엄마한테 시비 거는 거지. 아빠한테 엄마 때문에 못 갔다 핑계 대려고?"

이미 속셈이 들통난 이상 시간을 끌어봤자라 포기하고 집을 나왔다. 가방을 가져오지 않아 다시 현관문을 열었다가 낯선 광경을 목격했다. 엄마가 음악을 틀어놓고 청소를 하고 있는 기적을.

엄마는 주부가 아니고 작가였기에 청소나 설거지, 장보기 같은 살림을 오전부터 하는 적은 거의 없었다. 빈둥거리며 놀지라도—그것 역시 창작을 위한 사색의 시간이라고 우기며—집안일은 오후에 후딱 해치워버리는 게 우리 엄마의 방식이었는데 그날은 아니었다.

"오늘 무슨 일 있어?"

"아니. 그냥 봄맞이 대청소 좀 하려고."

"3월도 아니고 5월에 무슨 봄맞이 대청소? 이제 조금 있으면 여름이야."

엄마 스스로도 멋쩍은지 민망한 표정을 지었다.

"벌써 그렇게 됐나? 그럼 여름맞이 대청소라고 하지
뭐."

8
아웃사이더

할아버지 집이 있는 충청도까지 가는 동안 의무적인 대화와 리액션을 피하기 위해 나는 어젯밤에 공부하느라 잠을 못 잤다는 핑계를 대고—진부하고 상투적이라는 건 알지만 아빠도 내게 몇 번이나 써먹었으니 복수 차원이기도 했다—차에 타자마자 헤드폰을 끼고 눈을 감았다. 재혼 후 아빠의 삶은 업그레드가 된 것처럼 보였다. 차도 더 크고 비싼 걸로 바뀌고, 아빠가 입고 있는 옷도 더 고급이었다. 자는 척 눈을 감고는 있지만 귀까지 닫을 수는 없어 어쩔 수 없이 듣게 된 두 사람의 대화 내용도 그랬다. 새로 사놓은 아파트가 평당 얼마나 올랐는지, 몇 년 후 지하철이 들어오면 몇 배로 오를지 아줌마는 얘기했고, 아빠는 박하껌을 씹으며 웃음꽃을 피워댔다.

슬아가 내일 언제 오냐고, 내일 만나 할 말이 있다고 카톡을 보내왔다. 세영이랑 만난 일로 계속 까칠하게 구는 슬아가 못마땅해 난 메시지를 못 본 척 답장을 보내지 않았다. 정하는 그게 다 슬아가 나를 많이 좋아해서 그런 거라 했지만 난 동의할 수 없었다. 불편함을 참을수록 더 사랑하는 거고, 날 괴롭힐수록 상대가 날 더 사랑하는 거면 사랑은 진짜 똥이다.

"세영이가 너랑 재밌었다더라. 네가 어떻게 해줬길래 그래?"

세영이 우울해하니 즐겁게 해주라고 한 건 슬아였다. 그래서 노래방까지 간 거였는데 왜 날 죄인 취급하냐고.

"세영이가 나보다 널 더 편하게 느끼는 거 같아. 그런 게 아니면 걔가 잘 알지도 못하는 너한테 그런 얘기까지 했을 리가 없지. 너도 마찬가지고."

뭐 특별한 얘기를 한 것도 아니었다. 그냥 나는 위로 차원에서 이혼한 우리 부모님 얘기를 꺼냈던 거고, 세영도 자기 부모님 때문에 힘든 걸 토로했을 뿐.

"그러니까 그런 얘기를 처음 만나서 아무한테나 할 수 있냐고. 너희 둘 다 그런 사람 아니란 거 내가 제일 잘 알아!"

슬아가 자꾸 그러니까 나도 혼란스러워졌다. 나는 정말 슬아의 부탁을 거절할 수 없어서 세영을 만나러 나간 걸까? 아무한테도 들려주지 않은—아직 정하한테도 들려주지 않은—새 노래를 세영이한테 불러준 건 왜였을까? 세영이랑 있을 때 슬아랑 있을 때보다 더 멋있게 보이고 싶어하지 않았나, 핸드폰을 잃어버린 것도 내가 세영이한테 너무 정신이 팔려서 그랬던 건 아닌가?

아빠의 결혼식 때 잠깐 본 이후로 처음 만나는 친할아버지 할머니는 나를 반갑게 맞았다. 그냥 반가움이라기보다 미안함과 고마움이 진득하게 섞여 있는 눈빛이었다. 결혼식장에서 나를 쫓아낸 것 같아 마음이 쓰였는데, 이렇게 내가 아빠네랑 같이 와서 기쁘다고 하셨다. 나는 슬아 때문에 머릿속이 복잡해 건성으로 웃었다. 이 집은 어렸을 때부터 드나들어 친숙한 공간이었다. 아직도 엄마랑 아빠랑 찍은 결혼식 사진이 작은방 구석에 놓여 있었다. 아줌 마가 보면 기분이 어떨까 생각하고 있는데, 할머니가 이불 을 가지고 방에 오셨다가 그걸 보고 움찔했다.

"내가 치운다고 해놓고 깜빡했네. 아이고, 이 정신머 리."

할머니는 사진을 벽장에 황급히 쑤셔 박고 내 손을 잡 았다.

"온기야."

"예?"

"부모 잘못 만나 맘고생이 많지?"

고질적인 허세가 또 튀어나왔다.

"아뇨. 전 괜찮아요."

네 쌍 중 한 쌍이 이혼을 하는 시대고, 부모의 이혼이 자녀를 불행하게 만든다는 편견 자체가 그 아이들을 더 힘 들게 한다는 지작가의 연설까지 인용하진 않았다. 엄마의 주장을 무력화시키려면 내가 자해를 해서라도 불행해져 야 하는데, 그럼 또 부모의 이혼으로 반항하는 청소년이라 는 진부한 틀에 갇힐 수 있어 난 이러지도 저러지도 못하 는 딜레마를 안고 있었다.

"그래? 그럼 다행이고. 근데 온기야. 너 자꾸 밖에 애기를 아줌마라고 부르는데 그러지 마."

"그럼요?"

"엄마라고 해야지."

"예?"

"아빠가 결혼한 사람이니까 엄마지 어떻게 아줌마야?"

아줌마를 엄마라 부르라는 할머니의 말에 확 거부감이 들었다.

"엄마라고 부르는 거 싫어요."

나는 문을 쾅 닫고 밖으로 나갔다. 마당에 있던 아빠가 불렀지만 못 들은 척 밖으로 나가 할아버지 집 뒤편에 있는 언덕길을 올라갔다.

엄마한테 이혼 얘기를 들었을 때보다 더 씩씩거렸다. 그땐 이혼이 이런 문제들을 야기할 줄 생각하지 못했다. 단순히 부모 중 한 사람과 같이 안 사는 거라고만 생각했는데, 뒤늦게 속았다 싶었다. 화풀이를 하고 싶어 엄마한테 전화를 걸었다. 이게 다 엄마 때문이라고(이혼 얘기를 먼저 꺼낸 사람은 엄마니까), 왜 이혼을 해 내 인생을 복잡하게 만들었냐고 따지고 싶었는데 엄마는 전화를 받지 않았다.

신이 나 노래를 부르며 청소를 하던 엄마의 얼굴이 떠올랐다. 세영이랑 만나던 날 식당에서 나오던 엄마의 모습도 떠올랐다. 그날 본 엄마의 뒷모습은 쓸쓸하지도 황량하지도 않았다. 고감독 아저씨와 장난을 치며 걸었고, 그래서 기분이 더 불쾌했던 것 같다.

엄마한테 못한 분풀이를 핸드폰에라도 하고 싶었지만 새로 산 지 얼마 안 되는 거라 집어던질 수도 없었다. 그때 아빠가 헉헉거리며 날 찾아 올라왔다.

"할머니한테 얘기 들었어. 온기야. 그 사람한테 엄마라고 부르지 않아도 돼. 그냥 너 편한 대로 해."

엄마 대신 아빠라도 괴롭혀야겠다는 심보가 얼굴을 내밀었다.

"아빠 생각이 맞았을지도 몰라."

"무슨 생각?"

"엄마랑 고감독 아저씨. 둘이 그렇고 그런 사이라고 아빠가 의심했었잖아."

"둘이 사귀어?"

"확실한 증거는 없지만 내 심증으로는 그런 것 같아."

"엄마도 새로운 사람 만나면 좋지 뭐."

내가 기대했던 반응이 아니었다.

"좋긴 뭐가 좋아? 그럼 아빠가 또 둘이 생기는 건데? 남들은 하나만도 힘들어하는데 왜 나는 엄마 아빠를 둘씩이나 두고 살아야 하는데!"

"아줌마 때문에 힘들어?"

"그건 아냐."

허세가 아니라 솔직히 그랬다. 평소에는 아줌마에 대해 생각할 일도 없고, 만날 일도 없으니까. 하지만 엄마는 달랐다. 나랑 같이 살고 있으니까.

"아빠는 좀 섭섭하네."

"뭐가?"

"네가 아빠를 엄마만큼 좋아하지 않고 관심 없는 거 같아서."

"그것도 아냐. 나 엄마 안 좋아해."

"거짓말. 넌 태어났을 때부터 엄마 껌딱지였어. 그래서 아빠가 얼마나 서운했는데."

그건 엄마가 좋아서가 아니라 엄마의 머릿속을 차지하고 있는 그놈한테 엄마를 뺏기지 않으려고 그랬던 것이다. 그래, 생존 본능!

"온기야. 저기, 아빠가 할 말 있는데……"

"뭔데?"

"아줌마가 결혼을 해본 적 없잖아. 그래서 아이도 낳아 본 적 없고."

"그래서?"

그래서 초보 엄마니 네가 좀 이해해주라는 내용일 거라고 예측했다. 하지만 이어지는 전개는 내 상상력을 훌쩍 뛰어넘었다.

"그래서 아이를 낳고 싶어해. 나이가 있어 낳을 수 있을지는 모르겠지만 노력해보려고."

뒤통수를 한 대 얻어맞은 듯한 충격에 멍하니 아빠를 바라만 봤다.

"그런데 넌 동생 생기는 거 어때?"

'동생'이라는 말이 이렇게 기괴하게 들릴 줄이야? 세상에서 가장 못생긴 두꺼비, 아귀, 돼지보다 흉측하게 느껴졌다. 더 이상 복잡해지는 거 싫고, 동생이고 나발이고 다 싫다는 게 내 진심인데 허세병이 또 도지고 말았다.

"그건 나 말고 걔한테 한번 물어봐."

"걔가 누구야?"

"아빠 자식으로 태어날 애. 나처럼 동의도 하지 않았는데 태어나게 하진 말라고."

아빠의 뇌가 몇 초 동안 랙에 걸렸다.

"그러니까 너도 좋다는 거지? 다행이다. 네가 싫다고 할까봐 아빠랑 아줌마랑 걱정 많이 했거든."

어쩜 이렇게 말뜻을 못 알아들을까? 엄마가 왜 주먹을 쥐고 자기 가슴을 쳤는지 알 것 같았다. 혹시 아빠도 외할머니처럼 연기를 하는 게 아닐까, 일부러 못 알아듣는 척하는 게 아닐까, 하는 의심도 들었는데 아빠는 아이처럼 신이 나서 아래로 내려갔다.

"온기야. 너도 조금만 있다 내려와. 고기 굽고 있을게."

엄마가 아니라 아줌마와 함께 할아버지 댁에 있으니 나는 아웃사이더가 됐다. 할머니 할아버지는 그릇 사이에 끼워놓는 뽁뽁이 완충재처럼 나와 아줌마 사이에 끼어 내가 하는 말, 하는 행동을 주시하다가 제지하고 변명했다. 그래야 서로 깨지지 않고 안전할 거라 믿는 것 같았지만 나는 할아버지 할머니가 전처럼 편하게 느껴지지 않았다. 예전처럼 밀착된 느낌도 없고, 아줌마의 눈치를 보며 쩔쩔

매는 모습도 못마땅했다.

그래서 일찍 자겠다며 밥을 먹자마자 방으로 피했다. 하지만 잠이 오지 않았다. 내가 없으니 아까보다 더 커진 웃음소리도, "애기야"라며 아줌마를 챙기는 할머니 할아버지의 목소리도 신경 쓰였다. 엄마가 핸드폰을 사줬으면 여기 오지 않아도 됐는데 생각하니 엄마한테 또 부아가 났다. 나만 이렇게 불편한 자리에 쏙 밀어 넣고 자기는 신나게 놀겠지. 고감독 아저씨랑 데이트를 하는지도 모른다. 그래서 날 여기로 쫓아내고 잘 하지도 않는 청소를 했던 거라는 의심이 솟구쳤다. 맞다. 마트에서 배달 온 상자에는 와인과 맥주도 있었다.

내 의심은 확신으로 변해갔다. 평생 집에서 일하다가 엄마가 갑자기 작업실에 다닌 것부터가 수상했다. 아마 그때부터, 아니 갑자기 둘이 같이 작품을 하겠다고 했을 때부터 그렇고 그런 둘의 관계는 시작됐을 것이다. 그런 게 아니면 망한 사람들끼리 뭉쳐서 일할 생각을 할 리 없지.

나는 정하에게 전화를 걸었다.

"정하야. 시간 나면 우리 집에 좀 가줄래? 아니, 난 지금 시골 할아버지 집에 있는데, 그냥 나 집에 있는 줄 알고

왔다고 해."

"왜?"

"그냥 우리 엄마 혼자 잘 있는지 궁금해서."

"서냉기가 그 정도 효자일 리는 없고, 뭐 좀 수상하긴 한데 이유는 묻지 않을게."

정하한테 다시 전화가 온 건 한 시간 후였다. 우리 집 근처로 배달을 갔다가 치킨 한 마리를 들고 우리 집에 찾아갔었다고 했다.

"냉기야. 걱정할 거 없어. 너희 엄마 아주 잘 계시니까."

"우리 엄마 혼자 있었어?"

"아니. 어떤 아저씨랑 같이 있던데. 술 드시고 계셨나 보더라. 네가 엄마를 위해 치킨을 주문했다고 하니까 엄청 감동하시던데?"

"뭘 내가 주문해?"

"치킨. 엄마 혼자 저녁도 안 드시고 계실까봐 냉기 네가 주문해서 배달 왔다고 했어."

"야, 왜 넌 내가 시키지도 않은 짓을 하냐?"

"내가 무슨 네 하인이냐? 네가 시키는 대로만 하게? 치킨 값 다음에 갚아."

정하마저 왜 내 성질을 건드리는 건지 정말 짜증이 나 울고 싶었다. 내가 시키지도 않은 치킨을 안주로 엄마는 고감독 아저씨랑 술을 마실 거란 상상을 하니 속이 부글부 글 끓어올랐다. 치킨이 아까워서가 아니다. 내가 두 사람 의 관계를 축복하는 것으로 그들이 오해할까봐 두려운 것 이다. 그러다 만약 두 사람이 결혼하고 아이까지 낳는다 면, 내 인생은 두 배로 더 복잡해질 것이다. 아니, 그 아이 는 아빠의 아이처럼 나랑 상관없는 남처럼 지낼 수도 없을 테니 두 배가 아니라 네 배로 복잡해질 거다. 만약 아이가 하나가 아니고 둘이라면, 의도치 않게 쌍둥이가 태어나 셋 이나 넷이 된다면, 여덟 배, 열여섯 배…… 기하급수적으 로 뻗쳐가는 거미줄들이 내 목을 죄어왔다.

난 위로받고 싶었다. 비지가 핥아주기만 해도 위로가 된다고, 사람보다 수십 배는 더 비지가 위로를 잘한다고 말하던 할머니에게서 할 수만 있다면 당장 비지를 빌려 오 고 싶은 심정이었다. 집에 있었다면 그럴 수 있었겠지만 우리 집에서 세 시간이나 떨어진 할아버지 집이라 그건 불 가능한 일이었다.

난 대신 슬아에게 전화를 걸었다. 할머니가 아줌마를 엄마라고 부르라 했던 얘기도, 아빠가 아줌마와 아이를 낳고 싶어한단 얘기도, 엄마가 아저씨랑 같이 있다는 얘기도 할 틈이 없었다. 슬아는 전화를 받자마자 다짜고짜 언니와 싸운 얘기를 했고, 나는 그저 슬아의 얘기를 들었다.

"우리 언니 청소하고 빨래하기 싫어서 기숙사 안 들어가는 거 아냐. 나 괴롭히고 싶어서 그러는 거지. 아, 진짜 싫어. 언니만 없으면 진짜 너무 좋을 거 같아."

아직도 언니와 싸우는 중인지 슬아의 목소리는 비명 수준이었다. 퍽퍽 서로를 치고받는 효과음도 들렸다. 그 소리를 들으며 아빠에게서든 엄마에게서든 동생이 태어난다면 나도 슬아 언니처럼 동생을 괴롭혀야겠다고 다짐했다.

"아악, 홍유진! 그만하라고 진짜!"

그 애가 슬아처럼 발악을 해도 멈추지 않을 것이다. 슬아는 거의 우는 목소리로 호소했다.

"우리 언니가 뭐라는 줄 알아? 세영이가 나보다 이쁘대. 그래서 너도 나보다 세영이를 더 좋아할 거래."

아빠만큼이나 슬아 언니의 이야기 전개도 황당했다.

"말도 안 돼."

그러자 슬아의 목소리가 확 밝아졌다.

"그치?"

"응."

"서냉기. 더 크게 말해봐. 우리 언니도 들을 수 있게."

"나 여기 할아버지 집이야. 다들 나 자는 줄 안단 말이야."

"지금 그게 중요해?"

할 수 없이 나는 이불을 뒤집어쓰고 최대한 큰 소리로 말했다.

"말도 안 되는 소리 하지 말라고 해!"

"그것밖에 못해?"

"응?"

"난 네가 길길이 날뛰면서 너희 언니 미쳤나보다고 화를 냈으면 좋겠다고!"

솔직히 그럴 만한 기운이 없었다. 할머니와 아빠, 엄마한테 맞은 펀치가 치명적이지는 않았지만 충격이 꽤 컸다. 그걸 설명하는 것도 피곤해서 그냥 있었더니 슬아가 또 삐쳤다.

"누가 냉기 아니랄까봐! 그런데 왜 세영이는 널 냉기 아니고 온기라고 할까?"

슬아는 일방적으로 전화를 끊어버렸다. 나는 슬아에게 전화를 하기 전보다 기분이 더 가라앉았다. 세상 사람들이 모두 편을 먹고—정하까지도—나를 공격하는 것 같았다. 도대체 내가 뭘 잘못했다고 이러는 건데!

끔찍한 하루를 끝낼 수 있는 방법은 잠자는 것밖에 없는 것 같아 이불을 다시 머리끝까지 뒤집어썼을 때, 세영이한테서 메시지가 왔다.

전에 네 노래에 연결되는 훅 이런 건 어떨까?

태양을 떼었다 붙였다 할 수 있었음 좋겠어. 너무 힘들 때 잠만 잘 수 있게.
태양을 떼었다 붙였다 할 수 있었음 좋겠어. 숨고 싶을 때 어둠 속에서 쉴 수 있게.

나도 그랬으면 좋겠다. 이대로 눈을 뜨지 않아도 되게.

9

원 플러스 원

시골 할아버지 집에서 있었던 일을 엄마한테 얘기한 건 엄마 때문에 내가 남들은 겪지 않는 곤경을 겪고 있다고, 그러니 엄마까지 더 복잡한 상황을 만들지 말라고 경고하기 위해서였다. 그런데 엄마는 전혀 미안하지 않다는 투로 말했다.

"엄마는 고유명사가 아냐."

"뭐?"

"태양이나 달처럼 이 세상에 하나뿐이어야 하는 이름이 아니라고."

"그러니까 무슨 말이야? 그 아줌마한테 엄마라고 부르라는 거야?"

"그거야 네 마음인데 괜히 나한테 미안해하지는 말라는 거지."

"내가 엄마한테 왜 미안해?"

"널 낳아준 엄마를 배신하는 것 같아서 그 아줌마한테 엄마라고 못 부른다, 그런 거 아냐?"

어이가 없었다.

"그런 거 아니면 그럼 이유가 뭔데?"

"그냥. 그냥 싫다고."

"거 봐. 네 입으로는 말하지 않아도 네 무의식 속에는 내가 말한 이유들이 있어서 그런 거야."

작가들이 즐겨 쓰는 '무의식'이 또 등장했다. 인간의 심리와 정신세계에 대해 말하지 않으면 작가라는 타이틀을 뺏기기라도 하는 것인지, 우리 엄마를 비롯한 다른 작가들은 모든 대화 중에 그 단어를 끼워 넣길 즐긴다.

"아니거든!"

"네 동생 문제는…… 그건 엄마도 너한테 뭐라고 말할 수가 없다. 만약 그 아이가 태어난다면 주로 너랑 관계가 이어지게 될 테니까. 근데 동생이 없는 것보다는 있는 게 낫지 않니?"

"낫긴 뭐가 나아? 난 싫어."

"왜? 나이 차이가 너무 많이 나서?"

"그런 거 다 상관없고 그냥 복잡해지는 게 싫다고. 진짜 더는 싫어."

난 마지막 말에 최대한 힘을 주어 엄마를 압박했다. 그런데 엄마에게서는 내가 기대하지 않았던 반응이 일어났다. 다이너마이트가 터지기 직전의 카운트다운처럼 지작가의 동공 속에서 점점 줄어들고 있는 숫자가 보였다. 그 숫자가 0이 되면 무슨 일이 벌어지는지 난 알고 있었기에 얼른 엄마의 머릿속을 흔들었다.

"이번엔 무슨 드라마야? 또 막장이야?"

"아니. 엄마가 그쪽으론 소질 없다는 거 전 국민이 다 알려줬잖아. 그래서 이번에는 휴먼 드라마를 써보려고."

로맨스나 멜로가 아니라서 그나마 다행이다.

"나 없을 때 집에 고감독 아저씨 왔었어?"

"응. 참, 아저씨가 치킨 잘 먹었다고 전해달래. 나도 땡큐야. 어쩜 그런 생각을 다 했니? 우리 온기 진짜 철 들었네?"

"왜 미리 말 안 했어? 아저씨도 같이 있는 줄 알았으면 치킨을 두 마리 시켰을 텐데."

아, 이놈의 저주받을 허세병.

엄마는 사랑스럽다는 듯이 내 볼에 뽀뽀를 쪽 했다.

"이래서 자식 키울 맛 난다는 말을 하는 건가? 참, 아까 네 말 듣고 막 영감이 오고 있었는데, 그래 원 플러스 원!"

"그게 뭐야?"

"요즘 마트에 가면 원 플러스 원이 인기잖아. 그러니까 원 플러스 원 가족에 대한 이야기를 하는 거야. 엄마도 둘, 아빠도 둘, 할머니 할아버지는 여덟, 이렇게 가족이 점점 늘어나는…… 재밌겠지?"

엄마는 자기가 처음 그런 아이디어를 떠올린 줄 알지만 시골 할아버지 집에서 이미 내가 며칠 전에 생각했던 것이다.

"아니. 하나도 재미없어."

"아냐. 사람들이 원 플러스 원을 얼마나 좋아하는데. 너도나도 티브이 앞으로 달려갈걸. 완전 시청률 대박 날 거야."

드라마와 현실이 뫼비우스의 띠처럼 엉켜 돌아가는 우리 엄마이기에 이런 영감은 결코 좋은 징조가 아니다. 엄마가 둘, 아빠도 둘이 되는 사태는 절대 용납할 수 없다. 아빠가 재혼할 땐 경험이 없어 뭣도 모르고 당했지만 이번엔 절대 그런 실수는 하지 않겠다고 나는 결심했다.

"엄마, 내가 분명히 말하는데 그런 이야기 사람들이 싫어해. 그러니까 절대 쓸 생각 하지도 마."

"왜 싫어하는데?"

"세상 사람들은 엄마랑 다르니까. 엄마가 둘이고, 아빠가 둘이 되는 상황이 엄마는 재밌다고 여기지만 다른 사람들에겐 재앙이야."

엄마가 김빠진 표정으로 고개를 갸웃했다.

"엄마보다 내가 더 현실 감각 있는 거 알지? 그러니까 내 말 믿어."

"그래."

엄마가 풀이 죽어 작업실에 간 틈에 집 안 곳곳을 뒤졌다. 재활용품 통에는 빈 와인 병과 맥주 캔 네 개가 있었다. 엄마의 침실도 살폈다. 베개는 하나만 침대에 놓여 있었다. 그거야 뭐 엄마가 치웠을 수도 있으니까. 나는 침대 옆의 휴지통도 뒤졌다. 혹시 고무 재질로 된 무언가가 들어 있진 않을까 가슴이 울렁거렸다.

밤이 늦었는데도 작업실에서 아직 돌아오지 않은 엄마를 기다리며 베란다를 서성거렸다. 지금까지는 엄마가 들어오거나 말거나 신경 쓰지 않았지만 이젠 그러면 안 될 것 같았다. 엄마가 고감독 아저씨의 차에서 내렸다. 그럼 갈 때도 엄마는 자기 차를 안 가져가고 고감독 아저씨의 차를 타고 갔다는 얘기다.

엄마가 현관으로 들어오자마자 그 사실을 확인했다. 엄마가 의심하지 않게끔 완곡어법을 사용했다.

"엄마 차 고장 났어?"

"어. 어떻게 알았어?"

엄마가 거짓말을 하는 것처럼 보이지는 않았다.

"우리 온기 여태 공부하고 있었나보네? 시골 다녀오더니 확실이 달라졌는걸."

엄마의 오해와 방심을 나는 최대한 이용해야 한다.

"이제부턴 엄마 올 때까지 나도 안 자기로 했어."

"그래? 왜?"

"왜긴, 우리 가족은 엄마와 나 둘뿐인데 서로를 챙겨야지."

나는 '둘뿐인데'를 특별히 강조해서 말했다.

"땡큐. 잘자."

엄마가 방으로 들어가는 걸 확인하고, 혹시 고감독 아저씨랑 통화를 하는 게 아닌가 싶어 방문 앞을 한동안 서성거리다가 엄마 방의 불이 꺼지는 걸 확인하고 내 방으로 들어왔다.

세영에게 또 문자가 와 있었다. 세영에게 훅을 받고 아무 답장을 안 했다는 게 떠올라 나는 전화를 걸었다.

"네가 쓴 훅 마음에 들어."

"진짜?"

"응."

"그럼 한번 불러줘봐."

"응?"

"네 목소리로 들으면 어떨지 궁금해."

나는 날씨가 더워져 열어놓은 창들을 모두 꼼꼼히 닫고 세영의 훅으로 완성된 '테러리스트'를 불러줬다.

"내가 상상했던 것과 비슷하네."

세영이 좋아했다. 우린 밤늦게까지 수다를 떨었다.

다음 날 학교에 있을 때까지도 계속 토라져 나를 모른 척하던 슬아가 학원 수업이 끝나고 희희낙락한 표정으로 날 찾아왔다.

"세영이가 네 친구 정하를 만나고 싶대."

어젯밤 세영이 나와 얘기를 할 땐 그럴 말이 없었기에 좀 의아했다. 살짝 서운한 마음이 들었던 것도 같다.

"정하한테 얘기해볼게."

그러자 슬아가 찰싹 팔짱을 끼었다. 다른 때보다 나에게 더 달라붙어 즐겁게 종알거렸다. 또 언니와 싸운 얘기였다.

"나도 프라이버시가 있는데 왜 내 일기장을 훔쳐보냐고! 진짜 말도 안 되지 않냐?"

엄마의 침실을 킁킁거리며 돌아다니던 내 모습이 떠올라 난 좀 양심에 찔렸다.

"또 한 번만 더 그러면 그땐 진짜 가만 안 있을 거야. 우리 엄마 아빠한테도 그렇게 말했어."

"그럼 어떻게 할 건데?"

"언니를 안 쫓아내면 내가 집을 나가야지."

"어디로?"

"너한테로."

슬아가 그 말을 하며 내 품으로 파고들었다. 학원이 끝나고 집에 가는 길이었다. 날씨가 따뜻해져 공원에서 야간 산책을 하는 사람들이 꽤 많았는데 슬아는 신경 쓰지 않았다. 내 품에 안긴 채 나를 벚꽃 나무 아래 벤치로 이끌었다.

"냉기야. 내가 며칠 동안 짜증 부려서 미안해."

슬아의 눈이 반짝였다.

"다시는 안 그럴게. 그러니까 용서해줘."

"알았어."

"진짜지? 나 미워하지 않을 거지?"

"그래."

슬아의 얼굴이 내 눈앞으로 다가왔다. 너무 바짝 다가와서 부딪칠 것 같다고 생각하는 순간, 난 눈을 감았는데 입술에 무언가 닿는 느낌이 들었다. 놀라 눈을 떠보니 슬아는 아직 눈을 감고 있었다. 입술을 내 입술에 포갠 채.

아침에 일어나서 내 방의 휴지통부터 비웠다. 끈적하

게 엉겨 붙은 휴지 뭉치들을 쓰레기봉투에 집어넣고 창문을 열어 환기했다. 전날 밤 갑작스러운 슬아의 이상행동 때문인지 꿈자리가 요란했다. 결국 새벽부터 잠을 설치고 휴지를 반 통이나 썼다. 엄마가 요즘 휴지를 너무 많이 쓰는 것 아니냐고 뭐라 할 것 같아 얼른 새 휴지로 바꿔놓았다.

교문에서 날 기다리던 슬아는 아무 일도 없었다는 듯이 인사했는데 내 눈에는 슬아의 입술만 보였다. 다른 날보다 유난히 붉어 보였다.

"네 친구한테 얘기했어? 언제 시간 괜찮대?"

여자들은 참 깜찍한 거 같다. 하루 전에 그런 짓을 저질러놓고 이렇게 천연덕스럽게 아무런 일도 없었던 듯 굴 수 있다니.

"아직 연락 못 했어. 지금쯤 자고 있을 테니까 오후에 한번 해볼게."

"그래."

슬아가 자기 반 교실로 가면서 재빨리 손가락으로 하트 표시를 했다. 슬아가 갔는데도 여전히 내 입술 위에 슬아의 입술이 있는 것 같았다. 나는 하루 종일 입술을 손가락으로 더듬었다. 똑같은 피부 조직인데 왜 슬아의 입술과 내 손가락은 다른 느낌일까 궁금해하면서.

수업이 끝나고 학원에 가는 대신 정하를 만나러 갔다. 정하 친구의 랩 연습실이었다. 우리와 같은 나이인데 그 친구는 벌써 래퍼로 활동한다고 했다. 정하가 새벽까지 알바를 해서 버는 돈의 몇 배나 번다나. 그 때문에 자극을 받았는지 정하는 오후에 열심히 랩 연습을 해서 힙합 레이블의 오디션에 응시할 거라고 했다. 오랜만에 들어본 정하의 랩은 전보다 훨씬 강하고 거칠었다. 예전엔 꿈이었지만 지금은 생존이라고 정하는 이를 악물었다. 나는 정하를 위해 쓴 랩 가사를 정하에게 보여주었다.

"완전 좋은데. 한번 불러봐."

정하 친구까지 부추겨 나는 정하 친구가 골라준 비트에 '테러리스트'를 불렀다.

"좋네. 훅도 죽이고."

"훅은 내가 쓴 게 아니고 세영이란 애가 쓴 거야."

"아, 슬아 친구?"

"응. 걔가 너한테 관심 있나봐. 한번 보고 싶대."

"나한테? 왜?"

"그거야 나도 모르지."

"이쁘냐?"

"어."

"그래. 그럼 한번 시간 내보지 뭐."

나는 정하에게 치킨 값을 건넸다.

"됐어, 인마. 내가 그냥 너희 엄마한테 사드리고 싶었어."

"우리 엄마한테 왜?"

"지난번에 나 모자도 사주셨잖아. 고맙기도 하고, 난 존경해. 너희 엄마."

"웬 존경?"

"작가님이시잖아."

그 말 때문에 그동안 꾹꾹 눌러 참기만 했던 말들이 터져 나왔다. 난 정하에게 작가 아들로 살아왔던 나의 고난에 대해, 그래서 겪고 있는 지금의 위기 상황에 대해 성토했다. 정하는 진지하게 고개를 끄덕였다.

"네 입장에선 그럴 수도 있겠네. 근데 그 아저씨랑 너희 엄마랑 진짜 사귀는 거 맞아?"

"아직은 모르는데, 아니, 그렇게 되기 전에 막아야지."

"하긴 남녀 사이에도 골든 타임이라는 게 있어. 그때를 놓치면 떨어뜨려놓기도 헤어지기도 힘들다니까."

"골든 타임? 그게 언젠데?"

"키스."

난 너무 놀랐다.

"뽀뽀 말고 키스. 진하게 서로의 속살을 교환하는 거 말이야."

그 말을 듣자 충격이 조금 가라앉았다. 슬아와 그런 키스를 한 건 아니니까.

"근데 그걸 네가 어떻게 알아?"

"짜식, 내가 자퇴하고 별별 일 다 겪었다는 거 아니냐. 너 같은 어린애들은 모르는 어른들의 세계가 있어요."

정하는 폼을 잡고 자기가 경험한 일들을 이야기했다.

"배달을 갔는데 아줌마가 알몸인 거야. 그래서 나는 목욕하다 말고 급하게 나와 그런 줄 알았어. 그런데 다음에 그 집으로 또 배달을 갔는데 또 알몸이더라고."

"왜?"

"그걸 내가 아냐? 같이 배달 일하는 형들한테 들으니까 노골적으로 유혹하는 여자들도 있대. 2인분 시켰으니까 같이 먹자면서. 나도 한 번 당할 뻔했지."

"응?"

"새벽 두 신가 세 신가 마지막 배달 갔을 때였는데, 원룸에 젊은 여대생 같은 여자가 있더라고. 그 여자가 막 울면서 무섭다고 잠시만 같이 있어달라는 거야. 자기를 스토킹하는 사람이 있는데 밖에 있는 거 같다면서."

"그래서?"

"그래서 옆에 있어줬지. 근데 너무 졸린 거야. 나도 모르게 잠들었나봐. 자다가 이상해서 눈떠보니까 그 여자가 알몸으로 내 옆에 누워 있더라고. 손은 내 바지 속에 있고."

그 여자의 손이 내 바지 속에 있는 것처럼 내 안의 욕망이 꿈틀거렸다. 침이 말랐다.

"그래서?"

"그래서? 그다음 부분은 너 같은 고딩들은 청취 불가라 생략."

정하의 이야기가 모두 사실인지, 정하가 만들어낸 뻥인지는 모르겠다. 어쨌든 그런 이야기를 듣고 나니 슬아와 했던 입맞춤은 아무것도 아닌 것 같아 나는 정하에게 그 일을 털어놓았다.

"오, 서냉기. 연애 아닌 척하더니 할 건 다 하고 있네. 좋았냐?"

"나쁘지는 않았는데 슬아가 또 그러면 어떡하지?"

"뭘 어떡해? 그냥 널 맡기면 되지."

"그러다 네 말대로 키스까지 하게 되면."

"걔랑 헤어지지 못할까봐 겁나냐?"

정확히 뭐가 두렵다고는 말할 수가 없었다. 슬아와 함께하는 미래인지, 슬아와의 이별인지. 하나 확실히 알고 있는 건 내 연애가 아니라 엄마의 연애가 걱정스럽다는 것이다. 전에 원 플러스 원 가족 얘기를 하던 엄마의 흥분이 불길하고 찝찝했다. 골든 타임이 지나기 전에, 어떻게든 엄마와 아저씨를 막아야 한다.

나는 엄마의 작업실을 염탐하기 위해 일부러 일을 만들어 작업실을 찾아갔다. 당장 사야 할 문제집이 있어 돈을 받으러 왔다고 했다. 나 혼자 가면 의심할 것 같아 슬아까지 데리고 갔다.

책상이 있는 평범한 오피스텔 사무실, 전혀 에로틱한 분위기는 없었다. 고감독 아저씨도 그곳엔 없었고, 보조 작가라는 누나만 엄마와 같이 있었다. 엄마는 짧은 자백의 시간을 지나 길고 긴 자학의 기간에 돌입했는지 표정이 좋지 않았다. 우리 엄마의 슬럼프에는 두 단계가 있다. 이름하여 망망대해와 첩첩산중인데, 아이디어가 전혀 떠오르지 않아 망망대해에 홀로 있는 것 같은 절망감이 엄마의 표정에 역력했다. 그걸 확인하니 마음이 좀 놓였다. 이런 상태일 때는 엄마 자신도 말랑말랑한 감정을 갖기가 어렵고, 상대의 입장에서도 엄마가 절대 사랑스러워 보이지 않으니까. 그런데 슬아는 나와 달리 우리 엄마가 멋져 보인다고 했다. '사과는 맛있다'처럼, '작가는 멋지다'는 공식을 머릿속에 가지고 있는 사람들이 있는데, 슬아도 그중 하나인 것 같아 좀 실망스러웠다.

나는 엄마에게 받은 카드를 들고 정하와 세영이 만나는 곳으로 갔다. 정하와 세영은 그새 친해져 있었다. 정하의 스웩 넘치는 얘기에 세영은 잘 웃었다. 슬아도 정하를 좋아했다. 정하가 우리 사이에 있었던 고구려 사건을 이야기하자 슬아와 세영은 한참을 웃어댔다. 그러다 누가 먼저 노래방에 가자고 했는지는 모르겠다.

노래방으로 자리를 옮겨 정하는 문제의 랩을 선보였고, 그다음에 내게 '혹성 탈출'을 들려달라는 요청이 쇄도

했다. 딱 거기까지만 했으면 좋았을걸. 정하가 '테러리스트'를 하라고 날 부추겼고, 정하가 친구 연습실에서 녹음한 비트를 틀고 인트로까지 하는 바람에 난 엉겁결에 노래를 시작하고 말았다. 세영이 쓴 훅을 할 때 뭔가 싸한 예감이 들었다. 정하가 마이크를 세영에게 넘기는 바람에 세영이 나와 같이 훅을 불렀고, 슬아가 굳은 표정으로 나와 세영을 보았다.

노래를 마치자마자 내가 완성하지 못한 부분을 세영이 채워줬다고 자백했지만 슬아의 기분은 풀리지 않았다. 오늘은 학원에 안 간다고 했으면서 갑자기 학원에 가야 한다고 먼저 나가버렸다. 배달 콜이 들어왔다고 정하까지 가고 세영과 나만 남았다.

"슬아한테 왜 얘기 안 했어?"

"나에게 일어난 모든 일을 슬아에게 다 말해줘야 해?"

"슬아는 그러길 바랄걸."

"난 누구한테도 그래본 적 없어. 우리 엄마한테도."

"괜히 내가 잘못한 기분이 든다."

모처럼 웃음기 어렸던 세영의 얼굴이 다시 어두워졌다.

"왜 모든 걸 다 네 탓이라고 생각하냐? 너 잘못한 거 없어. 나도 잘못한 거 없고."

"넌 모르겠지만 난 있어."

세영이 쓸쓸한 표정으로 그 말을 하고 일어났다. 다 떠나고 또 나만 버려진 기분이 들었다. 그런데 일 있다고 나간 정하가 슬그머니 들어와 내 옆에 앉았다.

"배달 간 거 아니었어?"

"아니. 세영이랑 너랑 둘이 있게 해주려고 그랬던 거야."

"왜?"

"세영이가 왜 날 소개해달라고 했는지 아냐?"

"뭔데?"

"널 위해서."

"그게 무슨 소리야?"

"결론까지 내가 네 머릿속에 배달해줘야 되냐? 세영이가 관심 있는 사람은 내가 아니라 너라고."

10

미친 영감의 방문

정하의 말 때문에 갑자기 내 마음에 들어앉은 여자친구가 둘로 늘어났다. 엄마가 '원 플러스 원 가족'에 대해 얘기할 때 앞으로는 절대 원 플러스 원 제품은 먹지도 쓰지도 않겠다고 맹세했는데 갑자기 여자친구가 원 플러스 원이 돼버렸다.

노래방 사건 이후로 슬아는 나를 찾아오지도, 말을 걸지도 않았다. 그러거나 말거나 나도 신경 쓰지 않기로 했다(이게 가진 자의 여유인지는 모르겠다). 세영과는 가끔씩 전화나 메시지로 대화를 나눴다. 우린 둘 다 슬아에게 외면

당한 피해자들이라는 공통분모가 있어 말이 잘 통했다. 슬아와 오랫동안 알고 지냈던 세영은 나보다 더 힘들어했다.

난 슬아가 날 보는 걸 원치 않는 것 같아 방학이 시작되면서 슬아와 함께 다니던 학원을 다른 곳으로 옮겼다. 세영이 그 학원으로 옮겨올 줄은 정말 예상 못 했다(하늘에 맹세코 내가 세영에게 그러라고 말한 적 없다. 세영과 같은 학원을 다닌다고 본격적으로 사귀거나 그런 것도 아니다).

별로 아름답지는 않지만 어쨌든 큰 무리 없이 슬아 부모님이 원했던 학창 시절의 추억으로 슬아와의 관계는 끝났다고 여겼다. 어차피 의대를 목표로 하는 슬아가 서울에 있는 대학에 갈 둥 말 둥한 나와는 오래 갈 수 없다고 이미 체념하고 있었던 것 같다. 난 여전히 앞으로 무슨 일을 할지 마음을 정하지 못한 상태였다. 프로 래퍼는 엄두도 안 나고, 그렇다고 달리 하고 싶은 것도 없었다. 초조하거나 조바심이 나지도 않았다. 그냥 시험 점수 나오는 대로 대학에 들어가고 그다음엔 어떻게든 되겠지 뭐. 그렇게 날 방관하고 있었다.

할머니는 발목을 삐어 집에 갇혀 있는 동안 너무 답답했다며 친구들과 여행을 떠났다. 2주일 일정으로 유럽에

가 있는 동안 비지는 우리 집에 맡겨졌고, 엄마가 아직도 슬럼프에 빠져 있어 비지는 내가 돌봐야 했다.

엄마는 이제 망망대해에서 첩첩산중으로 넘어온 상태였다. 어찌어찌 떠내려온 아이디어 하나를 붙잡아 바다에 빠져 죽지는 않고 땅까지 오긴 왔는데, 넘어야 할 산이 너무 많아 머리가 아픈 단계다. 망망대해 상태일 때는 말을 시켜도 대답을 안 하기 일쑤인데, 첩첩산중일 때는 시간 장소를 가리지 않고 혼잣말을 하는 증상이 나타난다.

"내용은 채울 수 있을 거 같은데, 확실한 콘셉트가 필요하단 말이야. 뭔가 올드하지 않고 신선하고 힙한 게 필요한데. 힙한 거. 힙한 거."

하필 그때 내가 물을 마시려고 냉장고 문을 여는 중이었다.

"참, 온기야. 정하는 요즘 어떻게 지내니?"

"잘 지내지 뭐."

난 지작가의 첩첩산중에 끌려 들어가지 않으려고 짧게 얼버무렸다.

"배달 할 만하대?"

"뭐 나름 재밌대."

"예를 들면?"

나도 모르게 엄마의 페이스에 넘어가 나는 정하에게 들었던 에피소드 하나를 발설하고 말았다. 내 말을 듣고 있던 엄마의 동공에서 요상한 반응이 시작됐다.

"계속해봐. 뭔가 영감이 떠오를 것 같은 느낌이야."

그 말을 듣자 더 이상 말하기가 싫어졌다. 앞에서도 말했듯이 미친 영감의 방문을 난 환영하지 않기 때문이다.

"그게 다야. 그냥 세상에는 별별 인간들이 다 있더라, 뭐 그런 얘기지."

그런데 지작가의 동공에서 벌어지고 있던 카운트다운은 멈추지 않고 0을 향해 달려갔다. 그리고 마침내 다이너마이트가 엄마의 머릿속에서 터졌다. 이제 엄마에겐 눈앞에 있는 나의 존재는 보이지도 않는 상태였다.

"그래. 바로 그거야. 한 회당 한 가지 음식을 테마로 그걸 배달해주는 사람과 음식을 만드는 식당 사람들, 그 음식을 받아먹는 사람들의 드라마로 콘셉트를 잡는 거야."

엄마의 눈에서 광기가 번지기 시작했다. 그 에너지를 주체하지 못하는 엄마는 벌떡 일어나 주방과 거실을 오가며 중얼거렸다.

"주인공은 정하를 모델로 하고, 나이는 좀 더 올리는 게 좋겠지. 아무래도 미성년자는 좀 제약이 있으니까."

엄마는 바로 고감독 아저씨에게 전화를 걸었고, 신이 들린 사람처럼, 간증을 하는 신도처럼 엄마의 입에서 미친 영감이 불러주는 말이 한 시간 동안 울려 퍼졌다.

엄마의 인터뷰 요청에 정하는 우리 집에 있는 시간이 많아졌다. 이종사촌들과의 갈등으로 동생이랑 독립할 생각을 하고 있는 정하에게 엄마는 우리 집에서 살라고까지 했다. 정하보다 내가 더 놀랐다.

"이것저것 생각해보지도 않고 즉흥적으로 막 그래도 돼?"

"생각해볼 게 뭐 있어? 내 작업실을 치우고 침대랑 책상을 놓으면 될 거 같은데. 애들끼리 원룸에 사는 것보다 우리 집에서 지내는 게 더 안전하고 좋지."

"정하 입장에서야 그렇긴 한데……"

"왜? 넌 싫어?"

싫은지 좋은지 생각해볼 시간도 없었다.

"정하는 그렇다 치고 정하 동생까지 같이 살면 너무 복잡할 거 같은데."

그 당시 내가 제일 싫어했던 게 '복잡함'이었다. 미움, 증오, 전쟁, 죽음보다 '복잡하다'는 말이 더 끔찍하게 여겨졌다.

"앞으로 동생이 생길지도 모르니까 미리 경험해보는 것도 괜찮아."

엄마 때문에 잊고 있던 동생 문제가 다시 수면으로 떠올랐다. 아빠에게 연락해보니 아직 동생이 생긴 건 아니라고 했다. 그래도 포기하지 않고 시험관 아기를 시도해볼 거라고 아빠는 묻지도 않은 정보를 누설했다. 아, 진짜 엄마도 아빠도 너무 피곤하다. 둘만 해도 이런데 무슨 원 플러스 원이냐고!

정하는 우리 엄마보다는 현실적이라 우리 집에 오라는 말을 덥석 물진 않았다. 말씀은 고마운데 너무 폐 끼치기는 싫다고 했다.

"내가 밤에 일하고 새벽에 들어오니까 이모네 식구들도 많이 피곤해했어. 그래서 나와야겠다 생각한 거야."

"서로서로 폐 끼치고 사는 게 사람이야. 우리 엄마나 나는 괜찮으니까 동생이랑 잘 얘기해봐."

이건 절대 내가 한 말이 아니다. 내 입에서 나온 얘기는 맞지만 이 말의 주인은 분명 내가 아니라 지작가다. 엄마 랑 같이 사는 시간이 길어질수록 허세라는 고질병 외에 이런 식의 빙의인지 허언증인지 병명을 알 수 없는 발작까지 생겼다. 거품을 물고 쓰러지는 건 상대가 사라지고 난 후였지만.

"그래. 이모랑 얘기해볼게."

엄마는 리얼리티 극강 드라마를 위해 배달 라이더들의 세계를 취재하기로 했고, 그래서 정하와 거의 붙어 살다시피 했다. 아들인 나보다도 정하를 더 챙겼다. 드라마와 현실이 분리되지 않는 세계 속에서 정하는 주인공이고, 나는 주인공의 친구일 뿐이니 어찌 보면 당연한 일이었다. 정하 역시 엄마와 가까워져 나도 모르는 것까지 알고 있었다. 엄마와 고감독 아저씨가 고등학교 동창이라는 것도 나는 정하에게 처음 들었다. 그 말을 듣고 내 얼굴이 해쓱해지자 정하는 날 안심시켰다.

"그렇다고 너랑 슬아처럼 사귀고 그런 건 아니고 학교 다닐 때는 서로를 몰랐대. 그러다 나중에 방송하면서 알고 친구가 됐다더라."

휴, 첫사랑 관계가 아니라 다행이었다. 정하는 더 은밀한 정보도 내게 보고했다. 고감독 아저씨한테는 이혼한 아내랑 같이 살고 있는 딸이 하나 있는데, 우리보다 두 살 어리다는 것. 그러니까 엄마가 고감독 아저씨랑 재혼을 하게 되면 내겐 자동적으로 여동생이 생기게 된다는 얘기였다. 물론 그런 일은 절대 벌어지지 않을 테지만.

나는 정하에게 두 사람을 잘 감시하라는 엄명을 내렸지만, 엄마나 고감독 아저씨의 행동이 하도 부주의해 굳이 스파이까지 필요하지도 않았다. 고감독 아저씨는 어디서 오토바이를 구해 와 취재 목적이라며 정하가 일을 나갈 때 동행했고, 엄마는 오토바이 뒷자리에 앉아 아저씨의 허리를 꼭 붙잡았다. 나는 그 오토바이에 타고 있지 않아도 오토바이 옆을 스쳐 가는 도심의 선정적인 야경이 눈에 선했다. 반짝반짝 유혹하듯 점멸하는 모텔과 호텔의 네온사인이 유난히 많았다.

이번 드라마도 엎어지라는 내 기도는 더 간절해졌는데, 신이 이제는 날 버린 것인지 내 뜻대로 되지 않았다. 엄마와 고감독 아저씨가 기획해 만들고 있는 드라마를 방송

국의 국장도 아주 좋아하고 기대를 많이 하고 있다며 엄마랑 고감독 아저씨는 잔뜩 신이 났다. 정하는 자기가 드라마의 주인공이기라도 한 듯 덩달아 흥분했다. 내 친구가 아니라 우리 엄마와 고감독 아저씨의 아들인 것 같았다. 아, 실제로 그런 일이 벌어졌었다. 정하가 나중에 내게 해준 얘긴데, 우리 엄마와 고감독 아저씨와 같이 식당에 갔는데 그곳의 주인이 정하를 두 사람의 아들로 오해하고 '아드님'이라고 불렀다는 것이다. 난 정하를 우리 엄마 아들로 오해했다는 것보다, 우리 엄마와 고감독 아저씨를 부부로 여겼다는 것에 간담이 서늘해졌다. 그러니까 나만 콩깍지가 끼어 둘의 관계를 예사롭지 않게 보는 게 아니라는 증거였으니까.

비지라도 없었으면 울었을지도 모르겠다. 왜 할머니가 '개만도 못한 인간들'이란 말을 입에 달고 사는지 난 충분히 이해했다. 거실에서 세 사람이 드라마 얘기로 꽃을 피우면 나는 내 방에 틀어박힌 채 비지가 내 손을 핥아주는 것으로 위안을 삼았는데, 그 느낌엔 묘한 중독성이 있었다. 슬아와 입맞춤했을 때와 살짝 비슷하기도 하고, 그보다 더 촉촉한 키스—아직 해보지는 않았지만—의 느낌 같을까.

호기심에—진짜 호기심이지 변태는 절대 아니다—비지와 입맞춤을 해보기도 했다. 내 입술 사이로 비지가 혀를 집어넣으면 어떤 느낌일까 궁금해서 그랬는데, 비지는 손가락을 핥듯이 내 입술을 핥지는 않았다.

슬아 언니한테서 만나자는 연락이 온 것은 그 무렵이었다. 비지의 위로마저 없으면 너무 외로운 상태라 난 슬아 언니를 만나러 집 앞 빙수집에 갈 때도 비지를 데려갔다.

"슬아가 요즘 엄청 힘들어하는데, 아니?"

슬아 언니는 잔뜩 화가 난 사람처럼 나를 몰아세웠다. 슬아를 괴롭힐 땐 언제고 이제 와서 왜 이런담? 난 노골적으로 불만스러운 표정을 지었다.

"그러거나 말거나 이젠 너랑 상관없다 이거야? 너 우리 슬아랑 키스까지 했잖아!"

아직도 슬아의 일기장을 훔쳐보는 게 분명했다. 하지만 그땐 제삼자의 입에서 나온 '키스'라는 말에 너무 놀라 그걸 지적할 정신이 없었다. 엄밀히 말해 키스가 아니고 뽀뽀라고 정정해줄 생각도 하지 못했다.

"슬아가 널 얼마나 좋아하는데, 걔가 지금 왜 저러는데!"

"제가 뭘 잘못했는지 전 잘 모르겠어요."

"누가 너보고 잘못했대?"

슬아 언니는 감정이 북받치는지 눈물까지 글썽거렸다.

"슬아는 널 원망하는 게 아니고 소외감을 느끼는 거야."

"네?"

"너랑 세영이, 그리고 네 친구 정하라는 애는 자기랑 다른 감정들을 공유하는데 자기는 못 끼는 것 같아서 괴로워한다고."

슬아가 그럴 거라고는 전혀 생각도 못 했다.

"그래서 슬아가 무슨 소리까지 했는 줄 알아? 자기도 불행했으면 좋겠대. 엄마 아빠가 이혼을 하든가, 아님 사이가 안 좋아서 말을 안 하든가, 아빠가…… 아빠가 모는 비행기를 테러리스트가 납치했으면 좋겠대! 그게 제정신으로 할 소리니?"

헉. 내가 놀란 건 슬아의 정신 건강이 걱정돼서가 아니었다. 내가 나도 모르게 엄마가 했던 말을 내 생각인 양 쏟아내는 것처럼, 슬아 역시 나 때문에 '테러리스트'란 단어

를 내뱉은 거라는―분명 무의식적으로―충격에 일말의
책임감을 느꼈다. 그래서 아무 말도 못 하고 있었던 건데
슬아의 언니는 그게 더 화가 나는 모양이었다.

"이래서 슬아가 널 냉기라고 하는구나."

"네?"

"너 혹시 감정 같은 거 못 느끼는 사이코패스니?"

"아닌데요."

"그런데 어떻게 이리 침착할 수가 있어? 우리 슬아를 그
렇게 병들게 해놓고 어떻게 아무렇지 않을 수가 있냐고!"

슬아 언니는 울음을 터뜨렸다(슬아 자매를 통해 그 집안
유전자에는 눈물이 많다는 걸 알 수 있었다). 그 순간 비지가 내
품에서 폴짝 뛰어 슬아 언니한테로 갔다. 1초의 망설임도
없이 슬아 언니의 얼굴을 핥았다.

"그래서 내가 남자를 안 만나는 거야. 나쁜 새끼들. 어
쨌든 네가 책임지고 우리 슬아 제자리로 돌려놔."

냅킨에 코를 푼 슬아 언니는 비지에게 뽀뽀를 쪽 했다.
순간 비지의 혀가 잽싸게 슬아 언니의 입술을 핥았다. 황
당하고 어이가 없고 기분이 나빴다. 질투심인지 배신감인
지 모르겠다. 하여간 수컷들이란. 사람이나 개나 수컷들은

수컷들의 적이다.

내 방에서 동고동락하던 비지를 할머니의 집에 풀어놓았다. 슬아가 내 얼굴을 외면했던 것처럼 나도 당분간 비지를 보고 싶지 않았다. 하루에 두 번씩 사료만 주고 산책만 시킬 작정이었는데, 옆구리가 너무 허전해 자꾸 비지 생각이 났다. 그래서 깊은 잠을 못 자고 꿈만 많이 꾼 것 같다. 비행기가 추락하거나 폭파되는 꿈을 유독 많이 꾸었다. 그 비행기 속에는 슬아 아빠가 있었다.

나는 실제로 비행기 사고 소식이 들려올 때마다 혹시 슬아 아빠가 탄 비행기는 아닌지 걱정되었다. 만약 그런 일이 벌어진다면, 슬아가 평생 자책을 하면서 가슴 아파하고, 나 역시 가끔씩 술에 취해 괴로워할 것 같았다.

난 슬아가 다니는 학원 앞에서 슬아를 기다렸다. 학원에서 나오던 슬아는 내 얼굴을 보고 시선을 돌리지 않았다. 그렇다고 반가워하는 표정도 아니었지만 꼴도 보기 싫으니 꺼지라는 눈빛은 아니었다. 그래서 슬아 언니의 말이 아주 근거 없는 것은 아니라고 판단하고 슬아에게 한 걸음 더 다가갔다.

"비지 산책시켜야 하는데 같이 가지 않을래?"

슬아는 말없이 나를 따라왔다. 나는 그런 슬아에게 우리 집에서 벌어지고 있는 작태에 대해 호소했다. 엄마와 고감독 아저씨, 정하의 동맹에서 내가 혼자 얼마나 소외감을 느끼고 있는지. 그래서 슬아가 느꼈던 감정을 이해할 수 있다고 했다. 슬아가 입술을 쭈뼛쭈뼛하더니 다시 눈물을 터뜨렸다. 난 비지가 슬아 언니의 얼굴을 핥듯이 슬아의 눈물을 핥아주고 싶었지만, 남들의 시선이 있어 손으로 닦아주었다.

한참을 울고 난 슬아는 다시 전처럼 찰싹 내 팔짱을 끼었다. 얇은 티셔츠밖에 입지 않은 슬아의 가슴이 내 팔에 닿았다. 그때 정하가 해주었던 스토킹 여대생의 이야기가 왜 생각났는지 모르겠다. 미친 영감이 엄마를 방문했을 때처럼, 나도 제정신이 아닌 상태에서 그 이야기를 슬아에게 하고 말았다. 다 하고 나서야 괜히 했다는 후회가 밀려왔다. 19금 동영상을 같이 본 것처럼 후텁지근하고 어색한 분위기가 우리 주위를 맴돌았다. 그나마 다행이라면 그 이야기를 했을 때 우리는 좁은 밀실이 아니라 수많은 사람이 오가는 산책길 위에 있었다는 것이다.

난 비지가 슬아 언니의 입술을 핥았다고 슬아에게 고자질했다. 수컷이라 여자들을 밝히니 너도 조심해야 한다고 충고했다. 슬아는 비지 대신 나를 뚫어지게 응시했다.

"그럼 너도 그래?"

"응?"

"너도 여자들을 밝히냐고."

"나는 아니지."

"진짜?"

"그럼. 나는 너만 좋아해."

왜 그동안 한 번도 하지 않던 말을 그 순간에 했는지 모르겠다. 학원에서 세영을 만날 때마다 좀 야릇한 기분이 들기도 했지만, 그건 이성을 좋아하는 그런 종류는 아니었다. 아니었다고 믿고 싶어서 어쩌면 도장 찍듯 슬아에게 고백을 하고 말았는지도 모르겠다. 역시 원 플러스 원은 내 스타일이 아닌지, 두 여자를 마음에 품고 사는 건 복잡하고 괴로웠다. 꿈속에 나온 슬아가 갑자기 세영의 얼굴로 변할 때마다 잠에서 깨고 나면 혼란스럽고 나 자신이 좀 부끄럽게 여겨졌다.

슬아에게 고백을 한 이후로는 그런 꿈을 꾸지 않았다.

11

카타르시스

내일이면 할머니가 여행에서 돌아오시니 슬아와 같이 비지를 산책시키는 것도 이제 마지막인 날이었다. 슬아는 세영과도 화해했다며 기분이 좋아 보였다. 비지와도 뽀뽀를 얼마나 해대는지, 그 저의가 의심스러울 지경이었는데, 다른 때처럼 산책이 끝나고도 집에 가려 하지 않았다. 우린 할머니 집에서 같이 티브이를 봤다. 피자도 시켜 먹었다. 산책을 나오기 전에 집에 엄마와 고감독 아저씨만 있는 걸 보고 나왔기에 나는 그만 집에 가봐야 한다 생각했는데 슬아는 떠날 생각을 하지 않고 이상한 선언을 했다.

"나 오늘 집에 안 들어가도 돼."

"응?"

"어제부터 독서실 다니거든."

그게 무슨 뜻인지 헤아리는 동안 온몸에 소름이 돋았다. 슬아는 리더십이 강하고 통솔력도 좋기 때문에 내가 슬아의 뜻에 반대하고 저항하기는 어려울 거 같아 더 긴장이 됐다. 소파에 앉아 있는 슬아는 내 옆으로 바짝 붙더니 내 손을 잡았다.

"온기야. 난 영원히 너만 사랑할 거야."

가슴이 쿵쾅거렸다.

"너도 그럴 수 있어?"

난 자신 없었다. 지작가의 레퍼토리 중에 가장 흔한 게 '영원한 건 없다'란 말이다. 인간이 가장 못 견디는 건 죽음이 아니라 시간이라고 했다. 시간은 모든 걸 변화시키고, 철이 녹슬어가듯이, 음식이 부패하듯이, 인간 역시 시간에 속수무책으로 당할 수밖에 없다고 했다. 이번에는 적절한 타이밍에 지작가로 빙의하는 것이 도움이 되었다. 그런데 슬아는 내 말에 넘어가지 않았다.

"아니. 영원한 사랑도 있어."

"슬아야. 그건 작가들이 만들어낸 허구라니까."

우리 엄마처럼 생각하지 않는 작가들도 많다는 게 아니라, 작가들은 대부분 자기들이 믿지도 않으면서 그런 이야기를 꾸며내길 좋아한다.

"아니. 현실에서도 가능하다는 걸 내가 너한테 보여줄 거야."

슬아가 잡고 있던 내 손을 잡아당기더니 비지처럼 내 입술을 핥았다. 놀라서 입이 벌어진 틈에—정말 다른 의도는 없었다—슬아의 혀가 내 입 속으로 들어왔다. 정하가 말했던 골든 타임이 이렇게 끝나버리고 말았다는 허탈감 때문에 나는 더 이상 버틸 수가 없었다. 나도 슬아처럼 슬아의 입술을 핥았고, 슬아가 소파에 누웠다.

이제 뭘 어떻게 해야 하는지 생각하지 않기로 했다. 그저 본능이 이끄는 대로 날 맡기리라. 내 손이 슬아의 티셔츠를 벗기려고 움켜쥐었다. 그때 비지가 슬아의 가슴에 뛰어올라 으르렁거렸다. 저도 수컷이라고 날 라이벌로 여기는 것 같아 같잖았다. 난 비지를 소파 아래로 내동댕이쳤다. 사실 그냥 살짝 떨어뜨린 것뿐인데 비지는 깨갱깨갱 요란하게 엄살을 떨었다. 그 바람에 슬아가 날 밀어내고 비지를 품에 안았다.

"얘 다리 부러진 거 아냐?"

"아냐. 그냥 아프다고 쇼 하는 거야."

"진짜 아픈 거 같은데. 봐. 얘 눈물까지 났잖아."

슬아가 '눈물'에 취약한 유전자를 가졌다는 걸 비지가
어떻게 알고 이런 계략을 짠 것인지 기가 막혔다.

"아니라니까. 살짝 떨어졌는데 무슨 다리가 부러지냐?"

"네가 세게 밀었어. 내가 봤어."

그 순간 짐승의 본능에 휘말려 있었던 상태니 내가 힘
조절을 못하고 뭐 그랬을 수도 있었다. 하지만 그렇다고
해도 소파보다 더 높은 데서도 잘 뛰어내리는 비지가 다쳤
을 리는 없다고 생각됐다. 그런데 슬아는 비지를 품에서
내려놓지 못했다.

"병원에 가봐야 할 거 같아."

"뭐?"

"네 할머니 내일 오신다며. 그런데 다쳐 있기라도 해봐.
얼마나 속상해하시겠니?"

그건 슬아의 말이 맞았다. 할머니에게는 자식보다 손
자보다 비지가 더 소중한 존재니까.

슬아의 걱정과 달리 비지는 아무 이상이 없었다. 병원비로 내 용돈만 다 날렸을 뿐이다. 슬아는 나와 함께 다시 할머니 집으로 가지 않고 독서실로 갔다. 자신이 비지 앞에서 맹세한 영원한 사랑을 지키기 위해서라고 했다. 나와 계속 사귈 수 있는 조건으로 슬아 부모님이 의대 입학을 내걸었다는 걸 그때 알았다.

집에 가니 엄마 혼자 술을 마시고 있었다. 드라마가 잘될 것 같다고 한동안 자뻑에 빠져 있더니 갑자기 급다운돼 표정이 어두웠다.

"왜 그래? 고감독 아저씨랑 또 싸웠어?"

이번에도 둘이 싸우고 드라마도 안 하기로 했을지도 모른다는 희망이 가슴속에 스멀스멀 피어올랐다.

"그런 거 아냐."

"그럼 드라마가 엎어졌어?"

"아니. 정하 이모가 왔다 갔어."

"근데?"

엄마는 말을 잇지 않고 씁쓸한 표정만 지었다.

"정하 우리 집에는 안 올 거 같아."

도대체 우리 집에서 무슨 일이 있었던 건지 궁금해 나는 정하에게 연락을 했다. 정하가 전화를 받지 않아 정하이모네 집까지 찾아갔다. 아파트 복도에까지 정하의 흥분한 목소리가 울려 퍼졌다. 이모와 싸우는 것 같았다.

"온기 엄마는 날 생각해서 그런 말씀 하신 건데 이모가 어떻게 그런 말을 해?"

"나도 널 생각해서 그런 거야. 작가 나부랭이 이혼녀 집에 너희를 어떻게 맡기니?"

뺨을 한 대 얻어맞은 것처럼 얼굴이 화끈거렸다.

"그리고 그 여자 재혼할지도 모른다고 네가 그랬잖아? 그래서 온기가 엄청 불안해한다며?"

정하 이모의 말이 틀린 것은 아닌데, 모두 내 입으로 했던 말인데, 난 왜 모욕감이 들었을까.

"나 갔을 때도 집에 남자가 있더라."

"그 사람은 감독님이라니까."

"감독이든 뭐든, 그렇게 사생활 복잡한 여자한테는 절대 너희를 맡길 수 없어. 그런 데서 뭘 보고 배우겠니?"

"이모 진짜 그만 좀 해!"

정하가 씩씩거리며 문을 열고 나오다 나를 보고 놀라

멈췄다. 나는 정하를 뒤로 하고 정하가 잡고 있는 문을 열고 안으로 들어갔다.

"제가 그 복잡한 환경 속에서 자란 사람인데요. 그렇게 말씀하시는 이모님 아이들은 왜 사촌 동생을 괴롭힐까요?"

"뭐?"

"동생이 힘들게 일해 번 돈 삥 뜯고, 정하 없을 때 정하 동생 때리고, 그게 훌륭한 부모 밑에서 자란 아이들이 할 만한 행동이에요?"

"얘가 지금 무슨 말을 하는 거야! 엄마가 작가라더니 너도 소설 쓰니? 어디서 있지도 않은 말을 지어내?"

"온기가 지어낸 거 아니야, 이모."

"뭐?"

"온기가 한 말 다 사실이라고. 그래서 독립하려고 한 거야."

집에 다시 갔을 때 엄마는 보이지 않고 빈 소주병 하나만 식탁 위에 놓여 있었다. 엄마의 침실 문을 열었지만 그곳에도 엄마는 없었다. 엄마는 작업실에 있었다.

"그런 말을 듣고도 글이 써져?"

자판을 두드리던 엄마가 내게로 시선을 돌렸다.

"정하 이모가 너도 만났니?"

"내가 찾아갔어."

"뭐?"

"가서 당신이 뭔데 우리 엄마한테 그런 얘기 하냐고 한바탕 난리 쳤어. 우리 엄마 이혼한 거랑 당신이 무슨 상관이냐고, 제일 피해를 본 나도 아무 말 안 하는데 왜 당신이 우리 엄마를 비난하냐고 다 뒤집어엎고 왔어."

"정말?"

"응. 그쪽에서 손해배상 청구할지도 몰라. 합의금 많이 나올 거야. 그러니까 이번 드라마 꼭 성공해."

늘 망하라고 저주를 퍼부었던 내 입에서 낯선 말들이 쏟아졌다.

"그래서 사람들이 엄마한테 그런 말 절대 다시는 못하게 하란 말이야!"

나는 작업실 문을 닫고 내 방으로 와 냉장고에서 가져온 맥주 캔을 땄다. 벌컥벌컥 들이마시고 아직 삭여지지 않은 부아를 터뜨렸다.

"유명한 스타 작가 아니면 다 작가 나부랭이야? 그러는 당신은 뭐 주부 나부랭인가? 복잡한 집구석 좋아하네? 진짜 복잡한 건 보지도 못했으면서."

잠시 후, 엄마가 맥주 캔 하나를 들고 내 방으로 들어왔다.

"괜찮니?"

"뭐가?"

"너 싸움 잘 못하잖아."

"치. 잘해. 알지도 못하면서. 그리고 언제 그 아줌마 다시 만나면 자기 자식들이나 잘 키우라고 쏘아붙여."

굳어 있던 엄마의 얼굴이 풀어지며 작은 미소가 흘러나왔다.

"미성년자 아들이랑 술 마시는 엄마가 그런 소리를 해도 되나 모르겠네."

그러면서 엄마가 맥주 캔을 내 맥주 캔에 부딪쳤다.

"전에 네가 왜 드라마를 쓰는지 물었잖아. 드라마는 결국 모든 갈등이 해결돼서 좋아. 죽일 듯이 싸우던 사람들이 화해하고 서로를 이해하는 그 과정에서 카타르시스를 느낀달까. 현실에선 그게 안 되잖아."

외할머니가 언젠가 해주었던 얘기가 떠올랐다. 엄마가 작가가 된 것도 자기 덕분이라고 생색을 내면서 했던 말이었다.

"내가 할아버지랑 좀 많이 싸웠거든. 그럴 때마다 네 엄마는 종이에 뭘 열심히 써댔어."

내가 어렸을 때도 그랬다. 밖에서 안 좋은 이야기를 듣고 들어오거나, 아빠와 다투거나, 돈이 없어 어려울 때마다 엄마의 글 쓰는 시간은 더 늘어났다.

"난 그래서 네가 랩 하는 게 좋더라."

엄마가 그렇게 말하니까 난 더 랩을 하기가 싫어졌다. 엄마는 카타르시스 어쩌고 하며 포장했지만 내가 보기엔 현실에서 싸워 이기지 못하니까 비겁하게 드라마로 도망치는 것뿐이다.

정하는 다음 날 우리 집을 찾아와 엄마에게 죄송하다고 사죄했다. 속상해서 밤새 잠도 안 자고 글 속에서 발버둥 쳤으면서 우리 엄만 괜찮다고 다 이해한다고 능청스레 거짓말을 했다. 정하는 이모가 당장 짐 싸가지고 동생이랑 나가라고 성화를 부려 간밤에 지방에 있던 부모님까지 올라오셨다고 전말을 전해줬다. 그래서 동생은 부모님이 데려가고, 정하는 혼자 자취를 할 수 있게 원룸을 얻어주고 내려가셨다고 했다.

작은 반지하 방에서 정하는 내가 우리 엄마에게 했던 말과 비슷한 말을 했다.

"나 이번 오디션에 꼭 붙어서 돈 많이 벌 거야. 그 돈으로 우리 부모님 빚도 갚아주고 집도 사고, 거기서 우리 가족 다시 다 같이 모여 살 거야."

정말 그런 일이 벌어지면 정하 가족뿐만 아니라 나도 카타르시스를 느끼게 될 것 같다. 허구가 아닌 현실에서 벌어져야 그게 진짜 카타르시스지.

정하는 오디션을 위해 당분간은 배달 아르바이트도 그만두겠다며 내게도 같이 오디션에 참가하자고 꼬셨다. 난 그동안 랩을 하면서 느꼈던 고민을 정하에게 털어놓았다.

"난 다른 래퍼들처럼 스웩이 안 돼."

"너 기도해본 적 있냐?"

물론 있다. 엄마가 황량한 뒷모습을 남기고 집을 나갈 때마다 빨리 돌아오게 해달라고 간절히 기도했었다.

"난 그거랑 같은 거라고 생각해. 내가 진짜 세상에서 제일 잘났고, 랩을 제일 잘한다고 떠벌이는 건 내가 진짜로 그렇다고 생각해서 그런 게 아니라 그렇게 됐으면 좋겠다고 기도하는 거야."

그 말을 듣고 나니 정하의 랩이 처절하게 들렸다. 그 간절함과 진정성을 도저히 따라가지 못할 것 같아 래퍼로서의 자신감이 더 떨어졌다.

여행에서 돌아온 할머니는 그동안 너무 무리했는지 많이 피곤해 보였다. 짜랑짜랑하던 목소리도 힘이 없었다. 그래서 비지의 산책을 내가 계속 시켜야 했는데, 비지는 나의 약점을 알고 있기라도 한 것처럼 날 볼 때마다 거만한 자세를 취했다. 다른 사람한테는 안 그러면서 내 말은 더럽게도 안 들었다. 사람도 아니고 개한테 무시당하는 기분은 정말 똥 같았다. 내가 왜 이런 신세가 됐나 슬아가 좀 원망스러웠는데, 슬아는 내 불평을 들어줄 시간도 없었다. 자신의 사랑을 증명하기 위해 학원과 독서실을 오갔고 매일 코피 터지게 공부했다. 그러다 배가 고프거나 쉬고 싶으면 보고 싶다며 아무 때나 날 불러냈다. 그 태도가 너무 당당해 좀 당황스러웠는데 정하도 이상했는지 날 수상하게 봤다.

"너 슬아랑 무슨 일 있었지? 둘이 비밀 결혼식이라도 치렀냐?"

"결혼식은 무슨."

"분명히 뭔가 있어. 지금은 오디션 준비로 내가 시간이 없어 넘어가지만 오디션 끝나면 바로 파헤칠 테니까 그런 줄 알고 있어."

다들 너무 열심히 사는데 나만 혼자 한가하다는 죄책감 같은 건 들지 않았다. 너무 바쁜 사람들이 쏟아내는 스트레스를 감당해내는 역할도 쉽지 않았다. 엄마는 드라마가 너무 순항하니까 불안하다고 했다. 늘 산 하나를 넘으면 또 하나의 산이 나타났는데, 이렇게 평탄한 고속도로를 달리니—거기다 온기 너까지 응원하니—적응이 안 된다고 했다. 작가들은 기본적으로 마조히스트 성향이 있는 것 같다. 그래서 난 엄마를 위해 다시 저주 포지션을 취해야 하나 고민했는데, 나보다 발 빠르게 움직인 사람이 있었다.

엄마의 드라마를 너무너무 좋아했다는 방송국 국장이 잘리고 다른 사람이 국장이 됐다. 새 국장은 전 국장처럼 엄마의 드라마가 만족스럽지 않았던 모양이다. 그는 엄마가 올드하니 신선한 아이디어를 가진 젊은 작가를 한 명 더 합류시켜 드라마를 진행해보자고 말했다. 엄마는 '올드하다'는 말에 발끈했다(그즈음은 진부하다거나 상투적이라는 말보다 우리 엄마가 더 싫어하는 말이 '올드하다'는 표현이었다).

"내가 쓴 대본의 어떤 부분이 올드한지 정확하게 말씀해주세요."

그러자 국장은 한발 물러났다.

"꼭 대본의 어디 어디가 문제다 그런 말이 아니라, 고감독이나 지작가나 스타일이 좀 올드한 편이니까 그걸 좀 개선해보자, 그런 취지에서 궁리해본 거예요. 솔직히 그래서 두 사람의 전작들이 반응 안 좋았던 거 아니에요?"

"그럼 작가는 그대로 가고 연출을 교체하시죠."

국장은 고감독 아저씨의 말을 선뜻 받아들였다. 엄마는 지금까지 같이 해왔는데 고감독 아저씨가 중간에 혼자 빠지는 건 말도 안 된다고 했지만, 고감독 아저씨는 새로운 국장과 자신이 전부터 껄끄러운 관계였다며 드라마를 살리려면 이 방법밖에 없다고 엄마를 설득했다.

그래서 엄마의 드라마에는 30대의 젊은―이혼남도 아니다―감독이 합류하게 됐다. 고감독 아저씨는 당분간 바람이나 쐬겠다며 여행을 떠났다. 고감독 아저씨가 나의 두 번째 아빠가 될 수도 있다는 나의 우려는 그렇게 해소됐다. 자기 사람들만 표나게 챙긴다는 배불뚝이 국장을 만나고 올 때마다 엄마는 인상을 구기며 욕을 해댔지만, 난 그분에게 감사의 선물이라도 보내드리고 싶었다.

12

혹성 탈출

정하가 참가하는 오디션은 국내 최고의 힙합 레이블에서 개최하는 거라 참가자도 많고 경쟁률도 셌다. 정하는 꼭 1등을 해 계약도 하고 음반도 내고 싶어했다. 그동안 너무 열심히 연습을 해 난 정하가 병이 나지는 않을까 걱정스러울 지경이었기에 정하가 꼭 우승할 거라고 믿었다. 오디션 날이 다가왔고, 난 꽃다발까지 사가지고 정하를 응원하러 갔다.

그런데 오디션 장소에 도착하자마자 슬아에게 또 호출이 왔다. 그곳에 있던 래퍼들의 스웩에 전염돼 있었던 난 슬아에게 전에 없이 큰 소리로 항의했다.

"난 너한테 죄진 게 없고, 너의 노예도 아냐. 그러니까 네가 아무 때나 오란다고 가지는 않아."

"세영이가 동생을 데리고 사라졌대."

"뭐?"

"빨리 세영이 찾아야 해. 안 그럼 안 그럼……"

슬아가 말을 잇지 못하고 울먹였다.

세영이 초등학교 6학년인 남동생을 데리고 집을 나간 건 그 전날이라고 했다. 세영의 엄마는 세영이 책상 위에 두고 나간 편지를 보여주었다.

우리가 없어져야 엄마 아빠의 불행도 끝날 거야.

우리도 더 이상 혹성에서 살고 싶지 않아.

안녕.

세영의 아빠는 혹성에서 살고 싶지 않다는 게 무슨 뜻인지 아느냐고 슬아에게 물었다. 슬아는 대답을 내게 미뤘다. 난 엄마 아빠가 이혼을 해서 내가 혹이 됐다 여겼는데, 세영은 엄마 아빠가 한집에 사는데도 자신을 혹이라고 생각했던 것 같다. 10년이 넘도록 서로 대화를 하지 않는다는 세영의 엄마 아빠는 우리 앞에서도 서로 말을 섞지 않았다. 세영의 엄마가 우리한테 말을 하면 세영의 아빠는 등을 돌리고, 세영의 아빠가 말을 하면 세영의 엄마가 고개를 숙였다. 우리 엄마 아빠라면 당신 때문이라고 마구 비난을 하며 싸웠을 텐데 세영의 부모님은 조용히 침묵했다. 그게 얼마나 숨 막히는 상황인지 30분도 안 돼 깨달았다. 그 속에서 그 긴 시간을 살아온 세영이 대단하다 싶었다.

세영과 동생의 핸드폰은 전원이 꺼진 상태였다. 세영의 부모님은 경찰에 신고했지만 누군가에게 납치된 것도 아니고 가출한 아이들까지 다 찾아줄 수는 없다는 말을 들었다.

슬아는 세영이 죽을지도 모른다고 불안해했다. 나도 걱정이 됐다. 그렇다고 무작정 찾으러 갈 수도 없었다. 그런데 슬아가 춘천에 가보자고 했다.

"거기 걔네 외할머니를 보러 세영이랑 같이 간 적 있었어. 세영이가 외할머니를 무척 좋아했거든."

"그럼 세영이 엄마한테 전화로 확인해보라 해."

"잔말 말고 그냥 따라와."

나는 슬아에게 끌려 경춘선을 탔다. 역에서 내린 슬아는 택시를 타고 소양강 댐으로 가달라고 했다.

　　"외할머니 집이 댐에 있어?"

　　"바보."

　　슬아는 비지처럼 날 향해 으르렁거렸다.

　　"이게 다 너 때문이야."

　　"뭐?"

　　"너 때문에 내가 세영이를 더 힘들게 만들었잖아. 안 그랬으면, 안 그랬으면 이런 일은 안 생겼을 거야."

　　슬아가 눈물을 참으려고 애를 썼다. 슬아의 말을 들으니 나도 마음이 더 무거워졌다. 슬아와 끝났다고 생각했을 땐 세영과 카톡을 자주 주고받았었는데, 슬아와 화해한 후에는 세영에게 톡이 와도 답장을 잘 하지 않았다.

　　우린 세영의 부모님처럼 서로의 얼굴을 외면한 채 택시에 앉아 있었다. 택시에서 내리자 슬아는 유람선 선착장으로 향했다.

　　"갑자기 웬 유람선? 너 세영이 찾으러 온 거 아냐? 걔네 외할머니 집에 안 가?"

　　"세영이 외할머니 옛날에 돌아가셨어."

"뭐?"

"돌아가셔서 저기 강에 뿌렸다고."

슬아가 무슨 생각을 하는지 아는 순간, 눈앞에 보이는 강물이 나를 덮치기라도 할 것처럼 몸이 떨렸다. 슬아는 그런 나를 놔둔 채 선착장으로 달려가 사람들에게 혹시 어제오늘 물에 빠진 사람들이 있었냐고 물었다. 그 옆으로 보트를 타는 사람들이 하얀 물보라를 일으키며 지나갔다.

보트를 타던 사람들도 다 돌아가고 선착장도 문을 닫았는데, 슬아는 그곳을 떠나려고 하지 않았다. 나는 정하의 오디션 결과가 궁금해 정하에게 전화를 했는데 정하는 전화를 받지 않았다. 대신 래퍼로 활동하는 정하의 친구에게서 전화가 왔다. 정하가 오늘 오디션에 오지 않았는데 이유를 아느냐고 물었다. 어제 통화할 때만 해도 자신감에 차 있었는데 정하가 오디션에 불참했다는 게 믿기지 않았다. 그래서 무슨 일이 생긴 걸까 걱정하는 내게 슬아는 화를 냈다.

"내 친구는 지금 죽었을지도 모르는데 넌 그깟 오디션이 중요해?"

"정하에겐 그 오디션이 목숨보다 더 소중할 수도 있어. 그러니까 말 함부로 하지 마."

"너야말로 오늘 말 함부로 한다. 너 내가 아까 전화했을 때도 뭐 노예 어쩌고저쩌고 그랬지? 내가 언제 널 노예처럼 부렸니?"

"항상."

"뭐?"

"공부 방해된다고 나한테는 연락도 못하게 하면서, 네가 필요할 때만 날 불러댔잖아."

"내가 왜 공부를 하는데? 다 너 때문에……"

"의대에 들어가야지만 나랑 계속 사귈 수 있으니까 그래서 공부한다고? 그래서 의대 들어가면, 그때도 너희 부모님이 또 무슨 조건을 걸겠지. 그럼 넌 또 그걸 해내야만 하고. 내가 무슨 네가 미션 성공해야 받을 수 있는 상품이니 메달이니?"

"세영이 때문에 머리 아파 죽겠는데 왜 너까지 그래!"

"나도 세영이 때문에 속상하고 정하 때문에 걱정돼!"

"그럼 나는? 나한테서는 그냥 해방만 되고 싶어? 그게 네 진심이야?"

나는 고개를 끄덕였다. 키스를 하고 더 깊은 단계까지 갈 뻔했다는 이유만으로 슬아에게 꼼짝 못하고 끌려다니는 생활을 끝내고 싶었다.

슬아가 갑자기 비명을 질렀다.

"너 때문에 세영이를 아프게 한 게 너무 후회돼. 난 너보다 백배 천배 세영이를 더 좋아하는데!"

"나도 너보다 정하가 백배 천배 더 좋아."

그 순간 내가 너무 유치했다는 건 인정한다.

"난 세영이 죽으면 따라 죽을 거야."

헉. 그것까진 이길 자신이 없었다. 슬아가 그런 날 비웃었다.

"그래. 서냉기 넌 그렇겐 못할 거야."

슬아는 의기양양한 표정으로 날 쏘아보고 강물을 향해 고개를 돌렸다. 그 순간 종종 엄마를 찾아오던 미친 영감이 내게도 찾아왔다. 덕분에 다음에 벌어질 상황을 예감할 수 있었다. 자신의 말을 증명하기 위해 슬아는 물에 뛰어들 테고, 수영도 못하는 난 슬아를 구하려고 뒤따라 들어갔다가 물속 깊이 떨어질 것이다. 꼬르륵꼬르륵 내 입에서 뿜어져 나올 공기 방울들이 눈앞에 그려졌다.

"안 돼! 절대 안 돼!"

난 슬아가 선착장 밖으로 뛰어들지 못하도록 슬아를 끌어안았다. 슬아가 내 몸에서 벗어나려고 몸부림을 쳤다.

"비켜. 비키라니까!"

"슬아야, 제발."

내 간절한 애원에도 슬아는 뜻을 굽히지 않고 날 내동 댕이쳤다. 슬아한테 그런 괴력이 있는 줄은 미처 몰랐다. 슬아가 엉덩방아를 찧고 주저앉아 있는 나를 차갑게 쏘아 보고 물을 향해 다이빙을 하려는 순간, 전화벨 소리가 울렸다.

"세영이야!"

내 핸드폰도 울려댔다. 정하였다.

세영은 동생과 정하의 자취방에 있었다. 전날, 동생과 함께 죽을 생각으로 집을 나왔는데, 차마 동생까지 죽게 할 순 없어 정하에게 동생을 며칠만 데리고 있어달라 부탁했다고 했다. 정하는 세영의 계획을 만류하고 자기 방으로 데려갔다. 죽지 않아도 충격을 주는 것만으로도 부모님이 변할 수도 있다고 밤새 세영을 설득했다. 세영은 정하의 말에 고개를 끄덕였지만, 자기가 없는 사이 세영이 무슨 일을 벌일지 몰라 정하는 오디션을 보러 가지 못했다.

내가 슬아와 정하의 자취방에 갔을 때는 한밤중이었다. 슬아는 세영을 끌어안고 살아 있어줘서 고맙다고 통곡했다. 나도 고마웠다. 만약 그러지 않았다면 슬아도 나도 죽었을지 모르니까. 우리가 우니까 세영의 동생과 정하도 울었다. 그렇게 한바탕 울음이 끝난 후, 우린 이제 어떡해야 할지를 상의했다.

슬아는 당장 세영의 부모님께 알려야 한다고 했지만 세영은 집에 가기 싫다고 했다.

"그럼 딱 하룻밤만 더 여기서 보내고 내일 집에 들어가는 건 어때?"

정하가 제안했다. 나도 그게 좋겠다고 했다. 난 엄마에게 정하네 집에서 자고 가겠다고 전화하고 그곳에 남았다. 그러자 슬아가 자기도 있겠다고 고집을 피웠다. 그래서 우린 다 같이 좁은 방에서 밤을 보내게 됐다.

세영의 남동생을 가운데 두고 한쪽에는 정하와 내가, 반대쪽에는 슬아와 세영이 누웠다. 슬아는 세영의 손을 꼭 쥔 채 속닥거렸다.

"온기 얘는 나한테 꽃다발 한 번 사준 적 없는데 오늘 정하 준다고 꽃다발을 산 거 있지."

"참. 그 꽃다발 어디 갔지?"

"꼴 보기 싫어 내가 강에 던져버렸어."

"야. 넌 왜 내 꽃다발을 함부로 버리냐!"

"그렇게 아까우면 다시 가서 찾든가."

"지금 기차도 없는데 어떻게 가냐?"

"기차가 있어도 넌 못 찾을걸. 아까 물에 빠질까봐 벌벌 떠는 네 모습을 얘들이 다 봤어야 하는데."

나와 슬아 사이에 누워 있던 세영의 동생이 키득키득 웃기 시작했다.

"둘이 싸우는 거 재밌어."

우리도 다 같이 낄낄거렸다. 세상에 태어난 걸 한 번도 감사해본 적 없었는데, 우리들 중 누구도 죽지 않고 이렇게 살아 있다는 게 무척 행복했다. 세영도 그걸 느꼈던 것 같다. 슬아가 나보다 자기를 백배 천배 더 좋아해서 따라 죽으려 했다는 이야기에 감동했다. 세영은 절대 다시는 그런 생각을 하지 않겠다고 우리와 손가락을 걸었다.

슬아가 독서실에 없다는 것을 알아낸 슬아 언니는 슬아

가 나와 단둘이 있을 거라 확신하고 정하 자취방을 급습했다. 세영의 부모님도 함께였다. 언니의 의심을 풀어주기 위해 슬아가 세영의 가출 소동을 얘기해준 것이 화근이었다.

죽었을지도 모른다고 걱정했던 자식들이 무사한 걸 보면 다행이라고, 정하에게 고맙다 할 줄 알았는데, 내 생각은 틀렸다. 세영의 아빠는 들어오자마자 정하와 나의 뺨을 때렸다. 자퇴나 하고 겉멋 든 자식들이 순진한 여학생들을 꾀어냈다고 화를 냈다. 나는 자퇴를 하지도, 정하처럼 레게 머리를 하지도 않았는데 똑같이 맞았다.

세영이 그런 거 아니라고 화를 냈지만 세영의 부모님은 믿지 않았다. 슬아 언니도 세영의 부모님에게 동조했다.

"서온기. 너 이제 슬아랑 다시 만날 생각 하지 마."

"언니가 뭔데 그래!"

슬아가 악을 썼다.

"내 친구들을 왜 때려요? 당장 사과하세요."

슬아는 세영의 부모님한테도 목소리를 높였다. 세영의 엄마가 그런 슬아에게 화를 냈다.

"슬아 너까지 왜 이러니? 친구가 방황하면 잘 얘기해서 집에 가게 해야지 너까지 이런 데서 뭐 하는 거야?"

세영 엄마의 시선이 우리가 먹고 그대로 놓아둔 라면 냄비로 향했다.

"여기가 뭐 어때서? 우리 집보다 훨씬 좋은데."

세영이 끼어들었다.

"뭐?"

"맞아. 나도 여기 있는 게 더 좋아."

뒤에 있던 세영의 동생이 소리쳤다. 세영의 아빠가 윽박질렀다.

"좋긴 뭐가 좋아? 얼른 나가. 세영이 너부터."

"싫어!"

"세영아!"

세영의 아빠와 엄마 목소리가 동시에 소리쳤다. 잠시 후 두 사람은 서로에게서 시선을 돌리고 멋쩍은 침묵이 찾아왔다. 그 사이로 세영이 또박또박 못 박았다.

"우린 더 이상 엄마 아빠를 참아주지 않기로 했어. 이제 우리도 두 사람처럼 말하지 않을 거야."

세영은 굳게 입을 다물었다. 세영의 동생도 누나를 따라 했다.

기괴한 침묵 속에 세영의 가족이 돌아가고, 슬아도 언

니를 따라 집으로 가고, 나와 정하만 남았다. 아까 세영의 아빠한테 얻어맞은 뺨이 화끈거렸다.

"진짜 개똥 같네. 좋은 일 하고 이게 뭐야? 넌 걔들 때문에 오디션도 못 갔는데."

"괜찮아. 다른 레이블도 많으니까. 오늘 일로 나 앞으로 더 열심히 랩을 할 수 있을 것 같아."

"뭐?"

"세영이 부모님 같은 사람들한테 해줄 말이 많거든."

정하는 미친 영감이 방문했을 때의 우리 엄마처럼 혼자 뭘 중얼중얼거리다 공책에 적기 시작했다.

"너도 현실이 싫어서 랩으로 도피하는 거야?"

"아니. 현실을 바꾸려고 랩으로 싸우는 거야."

정하의 말이 멋지게 들렸다.

"신기한 건 뭔지 아냐? 처음엔 그냥 스웩으로 난 당신들처럼 되지 않겠다 뭐 그렇게 쓰는데, 그걸 계속 부르다 보면 정말 그럴 수 있다는 자신감이 든다."

정하의 그 말이 랩에서 멀어져가던 내 마음을 돌려놓았다. 가짜 허세 같았던 스웩이 나와 점점 일치해가는 황홀감을 언젠가는 나도 느낄 수 있겠지. 우린 밤새 랩을 쓰고, 불렀다.

　당신이 때린 뺨은 우리 엄마가 매일 뽀뽀해줬던 뺨.

　죽지 않아, 그래도 고마워 당신의 딸.

13

산소마스크

고3이 됐고, 공부하느라 바쁠 것 같아 자주 연락 안 한다던 아빠가 불쑥 학교 앞으로 찾아왔다. 몇 달 만에 만난 아빠는 얼굴이 좋지 않았다. 몇 년 전 끊었다던 담배를 쉴 새 없이 피워댔고, 식당에 갔을 때도 코스로 나온 중국 음식을 거의 남겼다. 시험관 아기가 잘 안 돼 그런가? 난 속으로 그런 생각을 하면서도 묻지는 않았다. 그런데 아빠가 먼저 뜻밖의 질문을 던졌다.

"온기야. 너는 행복이 뭐라고 생각하니?"

엄마의 입에서도 아니고 아빠의 입에서 이런 질문이

나올 줄이야. 인생의 의미와 본질을 찾는 건 작가의 영역이지 은행원의 관심사는 아니라고 여겼다.

"왜 이래? 아빠까지?"

"아빠가 잘 모르겠어서 묻는 거야. 아빠는 지금까지 점점 더 늘리고, 점점 더 높이 올라가고 그런 게 행복했거든."

"그런데?"

아빠는 깊은 한숨을 토해냈다. 짙은 담배 냄새를 풍기는 아빠의 이야기는 엄마와 이혼할 무렵으로까지 거슬러 올라갔다. 그 당시 아빠의 아래 직원이 대출 사고를 일으켰다고 했다. 5억이나 대출해 간 사람이 돈을 갚지 못하는 바람에 대출을 해준 직원도, 그것을 승인해주었던 아빠도 승진에서 탈락하고 성과급도 못 받았다. 하지만 그것보다 더 힘들었던 건, 은행은 지점별로 점수를 매기는 시스템이라 아무 관계 없는 다른 직원들한테까지 불이익이 갔다는 것이다. 매일매일 그들의 눈치를 보고, 질책을 당하는 일상이 아빠는 너무 힘들었다고 했다. 그래서 엄마에게 짜증을 많이 내고 대박 드라마를 쓰라고 압박했다는 것도 인정했다. 어떻게든 손해를 만회하려고 집을 담보로 돈을 대출해 주식 투자를 했지만 실패했고 집도 날렸다.

"그래도 그땐 다시 잘하면 실수를 만회할 수 있다는 희망이 있었어."

아빠는 서울에서 영업 이익이 제일 적은 지점으로 옮겨 갔지만 그곳에서 뛰어난 성과를 냈다. 아빠와 결혼한 부동산 아줌마가 많이 도와줘서 가능했다. 아빠는 그렇게 그동안 잃었던 점수를 만회했고 부지점장이라는 위치까지 올랐다.

"집도 넓히고 새 차도 뽑고, 행복했지. 아이를 가지는 건 잘 안 됐지만."

아빠의 안색이 너무 동정심을 유발해서 그런지 아이가 생기지 않은 게 안타깝게 느껴질 지경이었다.

"온기야. 이혼을 두 번이나 한 아빠는 너무 창피하겠지?"

가슴이 철렁해졌다. 한 번도 예상하지 못했던 사태였기 때문이다. 아빠가 또 이혼을 하는 건, 배다른 동생이 생기는 것보다 훨씬 복잡한 문제였다. 이혼은 이혼으로 끝나는 게 아니라 또 다른 재혼과 미래의 동생들을 내포하고 있다는 걸 이미 경험으로 깨우친 나였다.

"아줌마랑 사이 안 좋아?"

"그런 건 아닌데."

"은행에서 또 사고 쳤어?"

"아니. 너무 잘해서 문제가 생겼어."

아빠가 지점의 에이스로 등극하고 지점장으로의 승진을 기다릴 수 있었던 건 과거의 실수로부터 터득한 냉정함 때문이었다고 했다. 아빠는 아무리 오랜 기간 거래해온 고객이고 사정이 안타까워도 회수할 수 없는 돈은 절대 빌려주지 않겠다는 신조를 가지고 일을 했다고.

"회수할 수 있냐 없냐 판단하는 건 사실 개인적이고 주관적인 일이야. 회사 차원에서 담보물을 설정하고 그 사람의 상환 능력을 계산해서 알려주지만, 난 그보다 더 높은 기준을 요구했지. 100프로가 아니라 150프로의 상환 능력이 아니면 대출을 승인 안 했어."

아빠에게 거절당한 사람들은 욕을 하거나 서운해하며 다른 지점이나 은행을 찾아갔다. 그런데 그러지 못했던 한 사람이 있었다. 사업상 어려움을 겪고 있던 그는 아빠의 대학교 친구이기도 했다. 그는 직원들의 월급을 주지 못해 괴로워하다 한강에서 투신했다.

"그 소식이 있던 날이 하필 성과급이 들어오는 날이었

어. 통장에 찍힌 액수를 보니까 그 친구가 직원 네 명에게 월급을 줄 수 있는 금액이더라. 그 친구가 내게 빌려달라고 사정했던 돈이 얼만지 알아? 1억이야. 올 한 해 우리 은행에서 벌어들인 돈은 2조고."

아빠는 자신이 하는 일에 회의를 느낀다고 했다. 더 많이 벌어도, 더 높이 올라가도 행복하지 않을 것 같다고. 그래서 그만두고 싶은데, 아줌마는 반대를 해 갈등 중이라고 했다.

"그만두면 뭐 하려고?"

"농사를 지을까 해."

파와 마늘도 잘 구별하지 못하는 아빠의 입에서 '농사'라는 말이 나오자 헛웃음이 나왔고, 우리 담임 선생님의 얼굴이 떠올랐다. 내가 수시로 서울에 있는 중위권 대학에 응시하겠다고 했을 때 우리 담임도 나와 같은 표정을 지었다. 네 내신 성적으로 수시로 지원한다고?

"농담하는 거지?"

"아냐. 네 엄마가 쓴 드라마 중에 내가 제일 재밌게 본 게 조폭이 귀농하는 이야기였거든. 10년도 훨씬 전에 본 건데 요즘 자꾸 그 드라마가 생각나더라고."

엄마보다는 훨씬 현실적이라고 생각했던 아빠가 이런 배반을 할 줄이야. 드라마는 드라마고 현실은 현실일 뿐이라는 말은 틀렸다. 우리의 삶 속에는 드라마가 깊은 뿌리를 내리고 있고, 작가인 우리 엄마뿐 아니라 수많은 사람들의 현실도 드라마와 뒤엉켜 돌아간다. 물론 내 또래들은 드라마보다는 게임이라는 판타지가 그 역할을 하지만.

나만 괜찮다면 두 번째 이혼을 불사하고라도 귀농을 밀어붙이겠다 고집을 피우는 아빠를 난 설득했다. 아빠가 정말 농사를 짓고 싶으면 우선 아줌마랑 같이 주말농장을 해보라고. 그 말에 고개를 갸웃하던 아빠가 시험관 아기도 다시 시도해보라는 말에 태도가 달라졌다.

"온기 너 진심으로 하는 말이야?"

"당연하지. 나도 동생이 있으면 좋을 거 같아."

"짜식. 많이 성숙했네."

그건 성숙이라기보다 더 복잡한 상황을 피하기 위한 양보였지만 아빠는 눈치채지 못하고 계속 감탄했다.

"휴, 네가 나보다 낫다."

고3이라고 공부를 전보다 더 열심히 하는 것도 아닌데,

친구들은 괜히 더 피곤한 표정을 짓고 예민을 떨었다. 나는 그들처럼 고3의 특혜를 누릴 수가 없었다. 엄마의 드라마 방송 일자가 다가오고 있었고, 그럴수록 우리 집의 긴장감은 전시 상태로 고조됐다. 너무 평탄해서 적응이 안 된다고 투정했던 엄마를 벌주려는 듯 엄마의 드라마에는 또다시 우여곡절 시즌이 시작됐는데, 그중 가장 데미지가 컸던 건 캐스팅까지 다 마치고 대본 연습까지 했는데 주연배우가 마약 혐의로 입건된 것이다.

많이 낙담할 거라 예상했는데 엄마는 의외로 담담했다.

"촬영 다 끝냈는데 사고 터진 것보단 낫지."

염세적이고 비관적인 세계관이 때로는 낙관적인 것보다 더 도움이 된다. 가장 안 좋은 상황을 기준으로 삼으니까 웬만한 현실은 그리 심각하게 보이지 않는 것이다. 다시 배우를 교체하고 촬영이 시작됐으니 이제 엄마에게는 최대한 빨리 대본을 뽑아내야 하는 시간만 남았다. 출퇴근을 하는 에너지도 아끼기 위해 엄마는 다시 집에서 작업했다. 엄마는 이 단계를 '수정 구토'라고 했다. 한 회의 대본을 수십 번, 어떨 땐 백 번까지도 수정하다보면 대본만 봐도 구토가 나올 것 같다고 했다.

나 역시 매일 아침 구토와 싸워야 했는데, 엄마가 엉망진창인 음식을 아침이라고 차려줬기 때문이다. 너무 짜거나, 달거나, 맵거나, 싱겁거나, 도저히 먹을 수가 없는 수준인데도 엄마는 아침밥을 꼭 먹어야 한다며 강요했다. 오죽하면 우리 집 냉장고를 털어 가던 할머니도 아예 손을 대지 않았을까.

할머니는 대신 비지를 우리 집에 자주 두고 갔다. 그 문제로 엄마와 할머니가 또 다퉜다(막장 드라마가 아니라 휴먼 드라마를 쓰는 중인데도 두 사람의 싸움은 살벌했다. 수정 구토 기간에는 엄마가 초초초초초예민 상태기 때문이다).

"자식보다 비지가 훨씬 좋다고 할 땐 언제고 이제 와서 왜 남한테 떠넘겨? 하여간 옛날이랑 똑같아. 엄만 그때도 자식을 낳기만 해놓고 책임감은 없었어."

"그래도 난 이혼은 안 했다."

"엄만 바람 폈잖아."

"남자들이 날 좋다는데 그럼 어떡하냐?"

"하여간 끝까지 당당하지. 엄마는 아버지한테 미안하지도 않아?"

"미안하긴. 네 아버지는 나한테 고마워했어."

"말도 안 돼. 엄만 어쩜 그렇게 뻔뻔할 수 있어?"

"부러우면 좀 배워, 이것아."

이번에도 할머니의 승리였다. 할머니가 비지를 우리 집에 두고 가면 엄마는 다시 할머니에게 비지를 갖다줬지만, 내가 집에 가보면 언제나 비지는 우리 집에 다시 와 있었다. 도저히 두 사람의 전쟁이 끝날 것 같지 않아 나는 비지를 내 방에 몰래 숨겼다. 그 사실을 모른 채 엄마는 결국 할머니를 이겼다고 착각했다.

"그래도 양심은 있나보네. 날 위해서가 아니라 드라마 때문이겠지만."

학교에 갈 때마다 비지가 내 방 밖으로 나오지 못하도록 방문을 잠갔는데, 어느 날 집에 가보니 비지가 거실을 뛰어다니고 있었다. 난 엄마한테서 날벼락이 떨어질 거라 예상했는데 의외로 엄마는 아무 말이 없었다. 작업에 너무 몰두해서 비지가 있는지도 모르는 건가 싶었는데 다음 날 아침에 이변이 일어났다. 하늘이 두 쪽 나도 아침밥은 꼭 차려주는 엄마가 웬일인지 작업실에서 나올 생각도 안 했다.

엄마가 있는 방문을 열기가 두려웠다. 모니터 앞에 엄마의 몸속에서 역류한 토사물이 가득 쌓여 있을 것만 같고, 엄마는 거기에 얼굴을 쑤셔 박은 채 질식했을지도 모른다는 두려움이 밀려왔다. 다행히 엄마는 무사했다. 토사물은 눈에 보이지 않았지만 심하게 구토를 한 사람처럼 두 눈은 붉게 충혈돼 있었다.

"엄마. 살아 있는 거지?"

"아직은. 하지만 곧 죽을지도 몰라."

"그러니까 좀 자면서 해."

작가의 아들로 살면서 알게 된 작가의 고통 중에 가장 큰 것은 불면이다. 잠을 잘 때도 머릿속에 있는 그놈들이 활개를 치고 다녀 깊게 잠들 수가 없는데, 특히 수정 구토 기간에는 그 정도가 더 심해진다. 옆에 있으면 입맛이 없어 살이 빠지고 피가 쪽쪽 말라가는 그 과정을 생생히 관찰할 수 있다.

"엄마. 이제라도 눈 좀 붙여. 죽기 전에."

"나 말고 네 할머니 말한 거야."

"응?"

엄마는 핏기 없는 표정으로 대사를 읽듯 말했다.

"어젯밤에 아마존 삼촌한테서 전화가 왔어."

지난여름 할머니는 친구들이랑 유럽으로 여행을 갔던

게 아니라 병원에서 신장암 수술을 받았다. 할머니가 엄마 한텐 절대 말하지 말라고 해서 삼촌이 미국에서 나와 할머니의 보호자 노릇을 하고 들어갔는데 이번에는 간에서 혹이 발견됐다. 암이 전이된 것이다. 할머니는 그 사실을 알리며 삼촌에게 다시 한국에 오라고 했는데, 삼촌이 회사 사정 때문에 올 수가 없어 엄마에게 연락한 것이라고 했다.

"그래서 할머니가 비지를 자꾸 우리 집으로 보냈나보네."

그 말에 엄마가 정신이 번뜩 든 듯 눈을 치뜨고 소리쳤다.

"비지? 허. 누구 맘대로!"

엄마는 비지를 안은 채 할머니 집으로 달려갔다. 나는 무슨 일이 벌어질 것만 같아 엄마를 뒤쫓아갔다. 엄마는 왜 자기한테 사실대로 말하지 않았냐고 따지지 않았다. 그저 가방을 싸고 있는 할머니를 쏘아보았다.

"어디 가?"

"이번에 네 동생이 들어올 거야. 그럼 나도 걔 따라 미국에 가서 살려고. 이번엔 안 돌아오고 거기서 죽을 때까지 있을 거야."

"그럼 비지도 데리고 가."

엄마가 할머니의 품에 억지로 비지를 떠안겼다.

"얘가 미국 개들이랑 말도 안 통하는데 어떻게 데려가?"

"살다보면 다 적응해."

"그러지 말고 그냥 좀 키워. 그럼 내가 이 집도 너한테 줄게."

"싫어."

"뭐?"

"엄마한테 아무것도 받고 싶지 않다고."

엄마는 그대로 할머니의 집을 나갔다. 할머니가 황당한 표정으로 나를 보았다.

"드라마가 또 뭐 안 되냐?"

"할머니. 외삼촌 못 오신대."

할머니가 움찔 놀라 눈을 동그랗게 떴다.

"아휴. 나쁜 새끼. 하여간 그놈은 입이 싸서 문제야."

"왜 엄마한테 여행 간다고 거짓말했어? 그래서 엄마 더 화난 거 같은데."

"걔가 원망하고 성질부리는 건 아주 이력이 나서 괜찮아."

"응?"

"질질 짜는 것보단 그게 낫다고. 난 세상에서 그게 젤 무서워. 지율리 우는 거."

지금처럼 봄이 한창인 때였다. 할머니는 친구들과 여행을 갔다가 사진작가를 알게 되었다. 그는 할머니를 좋아해 카메라도 사주고 사진 찍는 법도 알려줬다. 할머니는 자신을 행복하게 해주는 그 남자와 살고 싶었다. 그래서 할아버지와 싸우고 다시는 집에 돌아가지 않으려고 아침에 화장품 가게로 출근할 때 작은 가방까지 챙겨가지고 나왔다. 가게도 정리하고 새로 만난 그와 함께 멀리 떠날 생각이었다. 그걸 어떻게 알았는지 문을 닫고 나오니 아홉 살짜리 엄마가 그 앞에 서 있었다. 왜 왔냐고 물어도 대답도 안 하고 엄마는 그저 울기만 했다. 할머니는 집에 가라고 타이르고 그 남자가 있는 곳으로 가기 위해 돌아섰다. 엄마는 그래도 그 자리에 서서 계속 울고 있었다.

"도저히 그냥 갈 수가 없더라고. 네 엄마가 영원히 그 자리에서 울고 있을 거 같아서."

그날 왔던 길을 되돌아 걸어간 할머니는 울고 있는 엄

마의 모습을 카메라로 찍어 자신을 기다리고 있는 그 남자에게 보냈다.

"내 것도 한 장 뽑아 그걸 지갑에 가지고 다녔지. 또 내 마음에 바람이 살랑거리면 부적처럼 그 사진을 보려고."

할머니는 지갑 속에서 낡은 사진을 꺼내 보여줬다. 그 사진을 보면서 엄마가 책상 위에 올려놓은 내 사진이 떠올랐다. 우리 엄마도 남자한테 마음이 흔들릴 때 보려고 그 사진을 거기 두었을까? 그 말을 했더니 할머니는 고개를 절레절레 흔들었다.

"네 엄마는 낭만을 몰라. 그런 애가 무슨 연애를 해. 그나마 드라마 쓰는 것도 다 연애 경험이 풍부한 내 덕분이지."

집에 가니 엄마는 옷을 갈아입고 가방을 챙기고 있었다.

"엄마 할머니랑 병원 갈 거니까 온기 넌 아침 먹고 학교 가. 반찬 하나도 남기지 말고."

사람이 한을 품으면 그 피해는 고스란히 자식들에게 간다는 걸 그날 깨달았다. 난 엄마 때문에 나중에 자식들한테 아침밥을 차려주지 않을 것이고, 그럼 그 자식은 또 나한테 한을 품고 자기 자식에겐 억지로라도 아침을 먹게 하겠지? 이게 석가모니가 말한 업과 윤회 사상인가?

　할머니가 병원에 계시는 동안 엄마는 그곳에서 글을 썼다. 옆에서 사람이 아파 비명을 질러대도 글을 쓰는 냉정한 년이라고 할머니는 욕을 했지만, 나는 엄마가 왜 그러는지 알 것 같았다. 숨 쉬기 힘들 만큼 현실이 버거울 때 엄마에겐 글이 산소마스크인 것이다.

　할머니는 입·퇴원을 반복했다. 수술해서 혹을 떼어내면 다른 데서 또 자꾸만 혹이 생겼다. 그러는 동안 엄마의 드라마가 방송을 시작했고, 할머니는 환자답지 않게 씩씩한 목소리로 의사와 간호사들, 다른 환자와 보호자들에게 엄마의 드라마를 홍보했다.

　"너무 재밌어서 보고 있으면 아픈 것도 잊는다니까."

　전처럼 드라마 작가의 엄마라는 특권을 과시하는 것도 포기하지 않으려 했다. 사람들이 궁금해하는 다음 회의 내용을 남들보다 더 빨리 알고, 다른 사람들에게도 알려줘야 하는데 엄마가 협조를 안 해 속상해했다. 그래서 내게 도움을 요청했지만 나 역시 고3의 스케줄 속에 갇혀 있어 전처럼 스파이 노릇을 할 수가 없었다.

엄마의 드라마는 회를 거듭하면서 재밌다는 입소문을 탔고, 이제는 시청률이 안 좋아서가 아니라 사람들의 기대심을 충족시켜줘야 한다는 압박감에 엄마는 힘들어했다. 할머니의 몸도 다시 안 좋아져 네 번째 입원을 했고, 엄마의 드라마를 보다가도 깜빡깜빡 정신을 잃었다. 할머니는 더 이상 다음 회의 내용을 알려달라고 날 조르지 않았다. 방금 본 드라마의 내용도 잘 기억하지 못했다.

"온기야. 할아버지가 날 데려가려나보다."

"걱정 마, 할머니. 혹 달린 여자를 누가 데려가."

할머니가 나를 물끄러미 바라보다 ㅎㅎㅎ ㅎㅎㅎ 웃었다.

"누가 지율리 아들 아니랄까봐…… ㅎㅎㅎ ㅎㅎㅎ."

14
마독

결국 할머니는 의식을 잃고 호스피스 병동으로 옮겨졌다. 엄마의 드라마는 아직 3회분이 남아 있었지만 엄마는 대본 작업을 끝내고 호스피스 병동으로 매일 출근했다.

모의고사가 끝나고 생각보다 점수가 잘 나온 것 같아 자랑할 생각으로 할머니를 찾아갔던 난 놀라운 광경을 목격했다. 엄마가 의식이 없는 할머니 옆에서 자기가 쓴 대본을 읽어주고 있었다. 할머니 못지않은 연기력으로 1인 다역을 소화하면서. 할머니가 살짝만 알려달라고 사정을 해도 들은 척도 안 하던 엄마가 떨리는 목소리로 모든 걸 누설했다.

이걸 노리고 할머니가 의식이 없는 척하고 있는 걸지도 모른다는 생각이 들었다. 내 생각이 아주 근거가 없지 않은 게 엄마가 드라마의 클라이맥스에서 심취해 눈물을 글썽거렸을 때, 할머니의 눈동자에도 물기가 어렸다.

엄마의 드라마가 종영되던 날 할머니는 돌아가셨다. 그날 방송된 마지막 회에는 엄마가 병원에서 할머니에게 들었던 얘기가 추가됐다. 정하를 모델로 한 주인공이 식당 주인의 부부싸움 때문에 제 시간에 배달을 하지 못해 곤경에 처하는 내용이 있었는데, 죽일 듯이 서로 싸워대던 부부가 비지찌개로 화해를 하는 장면이다. 식당 주인인 남편이 가장 좋아하는 음식이 비지찌개였던 것이다. 그 이야기는 우리 할아버지와 할머니 얘기였고, 할머니가 강아지에게 비지라는 이름을 붙인 이유였다. 할아버지가 싸움 끝에 비지찌개를 끓이면 할머니는 혓바닥이 데면서도 그 비지찌개를 다 먹었다고 했다. 그게 두 사람이 서로를 미워하고 욕하면서도 부부로 남을 수 있었던 비법이라고 했고, 할머니가 의식을 잃기 전 엄마에게 마지막으로 했던 말이란다.

"자식들은 모르는 부부만의 정이 있지. 넌 그걸 알랑가 모르겠지만."

할머니는 막판까지 엄마의 염장을 지르고 가셨다. 그래서인지 엄마는 할머니의 죽음을 슬퍼하기보다 분노를 느끼는 것 같았다. 삼촌이나 숙모와 달리 엄마는 끝까지 울지 않았다. 그래야 할머니에게 지지 않는다고 생각했는지 모르겠지만, 사실 그건 할머니가 가장 바랐던 일임을 나는 알고 있었다.

할머니의 장례식장에서 오랜만에 고감독 아저씨를 만났다. 어른들이 우리를 보면 항상 하는 말을 아저씨도 했다.

"온기 그새 많이 컸네."

더 이상 그런 말을 듣지 않게 되면 어른이 되는 걸까. 그래서 나도 어른들에게 가장 적당한 인사말을 건넸다.

"아저씨도 그동안 많이 늙으셨네요."

악담이 아니라 실제로 그랬다. 아저씨는 더러운 인간들 꼴 보기 싫어서 제작사를 직접 차리기로 했다고 했다. 폭삭 늙은 외모는 투자자들을 구하느라 애간장을 끓여 그런 것이라고 둘러댔다.

"정하도 잘 지내지?"

짧게 대답하기 힘든 질문이었다. 그사이 정하에겐 큰 일이 있었다. 오토바이를 타고 배달을 가다가 신호를 무시하고 달려오는 자동차에 치여 어깨를 크게 다쳤다. 그 자동차의 운전자는 음주 상태였는데, 우리의 뺨을 때렸던 바로 그 아저씨, 세영의 아빠였다.

집으로 돌아간 후, 연락이 없던 세영으로부터 나는 그때 다시 연락을 받았다. 이젠 세영의 아빠와 엄마뿐만 아니라, 세영과 동생도 엄마 아빠에게 몇 달 동안 말을 하지 않았는데 이번 일로 그 집안에 대폭발이 일어났다고 했다. 세영의 엄마와 아빠가 큰소리를 내며 싸웠고, 세영과 동생까지 그 싸움에 합류했다. 몇 달 동안 집 안을 진공 상태로 만들었던 침묵은 그렇게 깨져버렸다.

세영의 엄마 아빠는 정하가 입원한 병실로 찾아갔고, 정하는 그들의 사과를 받아들였다. 정하가 합의를 안 해줬으면 세영의 아빠는 감옥에 갔을지도 모른다. 난 너무 쉽게 그를 용서해준 정하가 의아했다.

"합의금이라도 많이 받지 왜 그랬어?"

"우리 아빠가 사업 안 망했으면 우리 아빠도 그 아저

씨같이 됐을지도 모르니까. 그리고 어쩜 미래의 나도. 온기야. 나 요즘은 우리 아빠 사업이 망한 걸 막 감사하게 된다."

그 말을 들으면서 정하에게 처음으로 열등감을 느꼈다. 정하는 내 강보다 훨씬 넓고 깊은 강을 가지고 있구나 싶었다.

"병원에 있으니까 옛날 생각도 많이 나는데, 그럼 되게 쪽팔려."

"뭐가 그렇게 쪽팔리는데?"

"너보고 내 앞에서 랩 하면 네 진심을 믿어주겠다고 했을 때."

"그게 왜?"

"그때 난 네가 내 친구들도 다 있는데 랩을 할 거라고는 예상 못 했어. 널 쪽 주려고 그 자리를 만들었던 거야."

난 그런 줄은 몰랐다.

"근데 네가 막 비트도 못 맞추면서 랩을 하는 거야. 근데 네가 하는 노래가 내 가슴을 막 후벼파고 들어오는데 다른 애들 표정 보니까 다 나랑 똑같더라고. 사실 나 그때 너한테 반했어. 그전까지는 그냥 네가 필요해서 이용했던 거고."

　얼마 전에 퇴원을 한 정하는 랩 하는 친구들과 크루를 결성했다. 크루의 이름을 뭐라고 지을까 고민하는 정하에게 나는 '혹부리 맨'이라는 아이디어를 줬다. 우린 누군가를 혹이라 부르기도 하고 스스로 그렇게 생각하기도 하지만, 결국은 스스로 그 혹성에서 탈출해야 한다는 의미로 지은 것이다.

　장례식 이틀째 입관식을 하면서 엄마는 상조회사 직원들과 싸웠다. 할머니가 수의는 싫으니 자기가 준비해놓은 원피스를 입혀달라고 했었는데 상조회사에서는 이미 장례비에 수의가 포함되어 있어 그렇게 할 수 없다고 했기 때문이다. 아마존 삼촌은 남들 보기에도 그러니 그냥 상조회사의 의견을 따르자고 했지만 엄마는 물러서지 않았다. 그리고 기어코 할머니에게 원피스를 입혔다. 할머니가 옷장 속에 보자기로 싸놓은 원피스는 엄마가 처음 글을 써서 돈을 벌었을 때 할머니에게 선물했던 옷이라고 했다. 마음에 안 든다고 한 번도 안 입더니 웬 뒤통수냐고 엄마는 눈을 감고 있는 할머니를 향해 눈을 흘겼다.

나는 할머니가 호스피스 병동에 있을 때 엄마가 할머니에게 드라마를 읽어주는 것을 봤다고 고백했다.

"그럴 거면서 왜 할머니 정신 멀쩡할 때는 그렇게 싸우기만 했어?"

"우리 엄마가 먼저 시작했으니까."

"응?"

"내가 외로워 보일 때마다 엄마는 싸움을 걸었어. 그래서 나도 그랬지."

그제야 알았다. 두 사람 사이에선 누가 이기고 지느냐는 중요하지 않았다는 걸. 평생 싸워댔으니 평생 둘 다 외로웠다는 것도.

우린 모두 각자의 강을 흘러간다. 강마다 물줄기도 다르고 흘러가는 지점도 달라 서로를 완전히 이해할 수 없다고 엄마는 안타까워했지만, 난 그래서 좋은 점도 있다고 생각한다. 그 누구도 나의 강을 침범할 수 없다는 뜻이기도 하니까. 그러니까 복잡한 인생 같은 건 관념일 뿐이지 실재하지 않는 것이다. 홀로 흘러가다 간혹 합류 지점에서 만나면 그저 반갑게 손 흔들어주거나, 우리 할머니와 엄마처럼 싸움으로 서로를 위로하거나, 잠깐의 만남을 뒤로하고 다시 나의 강을 타고 가는 것이다.

　　드라마가 끝나도 엄마의 긴장감과 불면증은 한동안 계속 이어졌다. 드라마 속 인물들이 엄마의 머릿속에 여전히 남아 있기 때문인데, 여행을 다녀온 사람들이 여독으로 힘들어하는 것과 비슷해 나는 그걸 '마독'이라 불렀다. 엄마가 창조한 드라마 속 인물들과 헤어지는 데는 보통 한두 달의 시간이 걸렸는데 이번에는 유독 더 길었다. 드라마뿐만 아니라 엄마와의 이별까지 겹친 쌍마독이니 그럴 수도 있다고 생각했지만, 아무리 시간이 지나도 좋아질 기미는 보이지 않고 예전과는 증상도 너무 달라 당황스러웠다.

　　무슨 일이 있어도 글을 쓰던 사람이 작업실에는 발걸음도 하지 않고 책도 읽지 않고 드라마도 보지 않고 오로지 비지에게만 집착했다. 하루 종일 비지를 챙기고 놀아주고 내가 한 번도 받아본 적 없는 정성과 보살핌을 비지에게 쏟았다. 자식이 울 때도, 이혼을 했을 때도, 자기 엄마가 수술을 했을 때도 글을 썼던 사람이 단지 강아지 때문에 작가라는 정체성을 잃어버렸다는 데에 나는 충격을 받았다. 냉장고는 온통 비지가 먹을 것으로 채워졌고, '세상에서 비지보다 중요한 게 어딨니? 비지만도 못한 놈'이란 할머니의 말을 이제는 엄마가 했다. 작품 때문에 2순위로 밀렸을 때보다 더 기분이 나빴다. 엄마의 사랑을 독차지했다는 걸 알고 있는 비지는 날이 갈수록 기고만장해졌다.

너무 질투가 나 하룻밤은 엄마의 침실을 염탐했는데 엄마는 비지를 품에 꼭 안은 채 할머니 이야기를 하고 있었고, 엄마의 침대를 차지한 비지는 능수능란한 카사노바처럼 엄마의 얼굴을 핥아댔다. 그 간사하고 음흉한 혓바닥이라니!

엄마를 비지한테서 떼어놓을 수만 있다면 무슨 짓이라도 할 수 있을 것 같았다. 그때 때맞춰 고감독 아저씨가 찾아왔다. 고감독 아저씨는 좋은 아이디어가 떠올랐다고 엄마에게 같이 기획을 해보자고 했다.

엄마의 반응은 시큰둥했다.

"나 이제 드라마 별로 하고 싶지 않은데."

아저씨는 자기네 회사가 영세해서 엄마가 퇴짜를 놓는 것이라고 오해했다.

"시청률도 잘 나왔으니 뭐 좋은 조건으로 지작가를 데려가려고들 하겠지. 이해해."

고감독 아저씨는 말은 그렇게 하면서도 몹시 서운한 표정을 지었다.

"그런 게 아니고 더 이상 작가를 안 하겠다고."

"왜?"

"온기야. 전에 엄마가 했던 말 다 가짜야. 엄마가 드라마를 쓰는 이유는 현실과 달리 드라마 속에서는 갈등이 해결되고 카타르시스를 느끼기 때문이라고 했던 건 다 뻥이고, 사실은 할머니 때문에 썼던 거야."

"뭐?"

"네가 몰래 내 대본을 훔쳐 할머니한테 갖다주는 것도 알고 있었어. 드라마를 쓸 때마다 내 머릿속에서는 내 드라마를 남들보다 먼저 읽어보고 좋아하는 우리 엄마가 있었는데, 이젠 그런 사람이 없어. 더 이상 글 쓰는 의미가 없다고."

장례식장에서도 울지 않던 엄마가 눈물을 쏟아냈다. 그 모습을 보자 할머니가 왜 세상에서 제일 무서운 게 우리 엄마가 우는 거라고 했는지 이해할 수 있었다. 우리 엄마의 울음은 보는 사람의 가슴을 무너지게 만드는 처연함이 있었다. 어떻게 소리도 없이 그렇게 구슬프게 울 수 있는지.

난 엄마에게 할머니가 평생 지갑에 넣어 간직하고 있던 엄마의 어린 시절 사진을 건네주었다. 그 사진 속 어린 아이를 보고서 엄마의 울음은 통곡으로 변했다. 그 울음을 타고 엄마의 가슴 깊숙이 숨어 있던 목소리가 처음으로 흘러나왔다.

"나만 아니었으면 우리 엄마는 행복하게 살았을지도 몰라. 그 생각 때문에 엄마를 똑바로 쳐다보기가 겁이 났어."

평생 할머니를 비난하고 화만 내던 엄마의 고백은 꽤 충격적이었다. 그래서 수능 시험일까지 여파가 미쳤지만 아무도 믿지 않았다.

어쨌든 내 내신 성적으로 수시 합격은 불가능하니 혼신의 힘을 다해 수능을 잘 보라는 담임 선생님의 격려가 무색하게도 내 점수는 형편없었다. 모의고사를 볼 때보다 훨씬 낮았다.

슬아는 나보다는 낫지만 의대에 들어가기는 힘들 거라 예상했다. 그래서 어깨가 처진 슬아에게 슬아 아빠는 고어라운드에 대해 말해주었다고 했다. 비행기를 몰고 착륙할 때 가장 중요한 건 이대로 땅에 내려가는 것이 안전한지 최선인지를 살피는 거다. 그렇지 않다고 판단될 때는 땅이 아닌 하늘로 다시 올라가는 것이 고어라운드다.

"엄청 멋진 말로 포장을 했지만 결국 재수하란 말이지 뭐."

슬아가 그 말을 한 곳은 강릉의 바닷가였다. 재수를 결심한 슬아는 나에게도 자기랑 같이 고어라운드를 하자고 했다.

"의대에 붙을 때까지 나랑 만나면 안 되는 거잖아?"

"그렇다고 내 사랑이 변하는 건 아냐. 너만 기다린다 면."

슬아가 의대에 들어간다고 해서 우리 관계가 해피엔딩이 될 거라고 난 믿을 수 없었다. 그런데 슬아는 자신했다.

"의대에 입학만 하면 그때부턴 우리 엄마 아빠가 아니라 내가 주도권을 쥘 수 있어."

"어떻게?"

"너와의 사랑을 방해하면 의대를 그만 다니겠다고 하면 되니까."

난 슬아 아빠의 말도, 슬아의 말도 공감할 수 없었다.

우린 안전한 착륙을 고민할 때가 아니라 힘차게 비상해야 할 시긴데. 의사라는 목표를 이루기 위해 날 이용하는 것이 슬아 부모님인지 슬아인지도 헷갈렸다.

푸르디푸른 겨울 바다 앞에서 나는 슬아의 손을 놓았다. 슬아는 지금 헤어져도 반드시 널 다시 찾아낼 거라고, 자기의 사랑을 증명할 거라고 소리쳤다.

난 슬아처럼 영원한 사랑을 믿지 않았지만 슬아가 정말 나타나지 않을까 간혹 기대했다. 세영을 통해 슬아 아빠가 해외 항공사로 직장을 옮겨 슬아의 가족도 아랍에미리트로 이주했다는 소식을 뒤늦게 들었을 때는 왠지 허탈하기도 했다. 혹시 그 후 내가 세영이랑 만날 거라 짐작하는 사람들을 위해 밝히자면, 세영은 내가 아니라 정하의 연인이다. 정하가 세영 아빠의 자동차에 치여 사고를 당했을 때, 세영이 오른팔을 못 쓰는 정하를 많이 도와줬다. 정하는 세영을 만나려고 깁스를 풀 때가 지났는데도 오랫동안 풀지 않았다. 그리고 세영의 부모님에게 래퍼로서의 능력을 증명하기 위해 정하는 더 치열하게 산다. 정하와 세영을 연결해준 깁스는 이미 제거됐지만 왠지 난 정하가 아직도 깁스를 하고 있는 것처럼 보일 때가 있다. 하지만 차마 그 이야기를 정하와 세영 앞에서는 꺼내지 못했는데 어느 날 세영이 먼저 나와 똑같은 의견을 정하에게 쏟아냈다.

　"이정하 너 자꾸 나 실망시킬래? 난 우리 부모님이 아니라 네가 좋아. 그런데 왜 넌 자꾸 우리 부모님한테 맞추려고 하냐고!"

　난 쌍수를 들고 세영의 편을 들었다. 그 때문에 삐친 정하가 우리 둘만 남겨두고 가버렸을 때 난 장난스레 네가 슬아의 친구라 내 여자친구가 되는 걸 포기한 거 아니냐고 세영에게 물어봤다. 세영은 물끄러미 나를 바라보다가 고개를 끄덕였다.

　"네 말이 맞아. 슬아는 언제나 내 베스트 프렌드고 난 슬아만큼 멋진 친구를 본 적 없어."

　나도 그 의견에는 동감한다. 슬아는 참 멋진 친구였다.

　"그럼 슬아의 말도 믿니? 정말 내게 다시 돌아와 영원히 날 사랑할까?"

　"당연하지. 내가 아는 슬아는 자기가 한 말을 반드시 지키는 애거든."

　하늘에 떠 있는 비행기를 볼 때마다 어쩌면 저기에 슬

아가 타고 있을지도 모른다는 생각을 한다. 만약 우리가 다시 만나게 된다면 전보다는 더 성숙한 사랑을 하게 될까? 그건 자신할 수 없지만 하나 확실한 건 전처럼 소극적으로 슬아에게 끌려다니지는 않으리란 거다. 슬아의 손도 이젠 내가 먼저 잡아야지.

절필 선언을 하고 애견인으로만 살던 엄마는 얼마 전 다시 지작가로 돌아왔다. 할머니가 남긴 엄마의 어린 시절 사진이 계기가 됐다고 했다. 울고 있는 어린 자신의 사진을 들여다보고 또 들여다보다가 엄마는 그 사진 속에서 내 모습을 발견했다고 했다. 자식의 웃는 모습은 부모를 즐겁게 하지만 자식의 우는 얼굴은 부모에게 한을 만든다. 재밌는 건 그 한을 푸는 방법이 할머니와 엄마는 정반대였다는 것이다.

"작가 한다고 날 그렇게 울렸으면서 이제 와서 글을 안 쓴다고! 내가 그렇게 하지 말라고 할 때는 들은 척도 안 하더니 이제 와서 이게 뭔데!"

할머니는 엄마의 우는 얼굴을 보면서 다시는 바람에 흔들리지 않으리라 다짐했지만, 우리 엄마는 내 우는 얼굴을 떠올리며 다시 글을 쓰겠다는 용기를 내고 각성했던 것이다. 작업용 컴퓨터 옆에 내가 울고 있는 사진을 붙여놓은 건 그래서였다. 이번에도 엄마의 뇌 속에 각인된 내 절규는 호소력을 발휘했고, 엄마는 점점 늘어가는 빚으로 궁지에 빠진 고감독 아저씨와 다시 일을 하기로 했는데 이번에는 로맨스 장르다. 나는 진심으로 두 사람의 드라마가 잘되기를 바란다.

아빠는 은행을 그만두고 귀농을 하는 대신 아줌마와 같이 주말농장을 한다. 아쉽게도—정말 너무너무 아쉽게도—내 동생은 태어나지 못했다.

대학에 가는 대신 '혹부리 맨'의 정식 멤버가 된 나는 아직도 세상에서 내가 제일 랩을 잘한다고, 내가 최고의 래퍼라고는 말 못 하지만 가끔씩 공연을 하다가 내가 내뱉는 랩 가사의 스웩이 겉돌지 않고 나와 하나로 겹쳐지는 황홀감을 맛본다.

아주 어렸을 때 했던 낱말 짝짓기.
엄마는 아빠, 아줌마는 아저씨, 할머니는 할아버지.
이렇게 줄을 그으면 선생님은 그려줬어 동그라미 .

엄마는 아저씨랑, 아빠는 아줌마랑, 할머니는 비지랑.

이것이 우리 집 자랑은 아니고 현실.

머리 아파 복잡한 집구석.

그 속에서 날 꺼내준 건 내 친구들과 가족.

함부로 긋지 마 가위표.

꺾어버려 그놈의 손모가지.

우린 모두 각자의 강을 흘러가는 것뿐이야.

당신이 동의하지 않는 순간에도 나의 강은 흘러.

사람들은 말해, 아이 러브 유 아니고 프루브 유어 셀프.

증명을 하고 나면 기다리는 건 또 다른 증명.

현실의 미션은 게임보다 더 가혹해.

죽을 때까지 힘들어 인생 업그레이드.

이제 그만 그놈의 얼굴에 따귀를 올려붙이고

너의 강을 타고 가.

느껴봐 새로운 바람.

돌아봐 널 응원하는 손들.

기다릴게 너의 답장.

프롬 온기.

작가의 말

한겨울 시멘트 담장에 내리쬐는 햇살,

차가운 칼바람을 맞고 들어온 두 손에 건네진 따뜻한 찻잔,

자취방 책장 사이 친구가 책갈피처럼 몰래 끼워놓고 간 지폐 하나,

'온기'라는 단어에 연상되는 내 기억 속 풍경들이다.

아이를 키우면서 인생을 복습하는 기분이 들 때가 많았다.

과거의 나를 만나는 그 시간 속에서,

내가 걸어온 길보다는 쉽고 순탄한 길이 아이 앞에 놓이길 바랐

지만,

엄마보다는 작가로서 살아온 숙명 탓에

애초에 심행일치(心行一致)는 물 건너간 일이었다.

덕분에 다른 아이들보다 일찍 철이 든 아이에게

미안하다는 말 대신 나도 내 엄마 때문에 힘들었노라 투정을 부

리곤 했다.

너에겐 엄마지만,

나 역시 부모에게 불만 많은 자식들 중 하나라고.

이 책은 그런 자식들의 연대기,

성장판이 닫혀도 죽을 때까지 성장해야만 하는

미성장 인간들의 성장기라고 할 수 있다.

온기로부터 발신된 이 편지에 어떤 답장들이 날아올지 설레고

기대된다.

그리고 마지막으로,

이 세상의 모든 '온기'들과 나의 '온기'에게 고마움을 전한다.

류현재

온기로부터

1판 1쇄 2024년 1월 22일
1판 2쇄 2024년 10월 31일
© 류현재

지은이 ◆ 류현재
펴낸이 ◆ 고우리
펴낸곳 ◆ 마름모
등   록 ◆ 제 2021 - 000044호 (2021년 5월 28일)
팩   스 ◆ 02-6488-9874
메   일 ◆ marmmopress@naver.com
블로그 ◆ blog.naver.com/marmmopress

ISBN ◆ 979-11-985065-3-5 (43810)

평행하는 선들은 결국 만난다 ◆ 마름모